湖畔的女人們

THE WOMAN
IN THE LAKE
SHUICHI YOSHIDA

吉田修一

王華懋 譯

目次

第一章　百歲的被害人

廚房一片沁涼。

地板是原木松板，上了柿漆及松煙墨，若是滲入清潔劑會失去光澤。所以擦地板時，一定要用擰到擰不出水的抹布擦拭。豐田佳代自幼便被祖母如此教導。

也因此地板至今仍烏黑光亮，然而，畢竟是老房子了，一踩下去便傾軋作聲。吱吱叫還好，這幾年只要在這處狹小的廚房，從流理臺到「川端」之間走動，碗櫥裡堆疊的碗盤也隨之震響。

這裡說的「川端」，是指流經西湖地區的豐沛湧泉水路，並導流至家家戶戶的廚房裡。

佳代家裡從廚房地板走下一階，便是砌石川端，引入大石甕的湧泉，皆拿來煮飯或冰鎮蔬果。

「爸，你是不是說要去銀行匯什麼錢？」

佳代從石甕裡撈出冰涼的小黃瓜和番茄，對著背後的起居間發問。

她將溼淋淋的蔬果放到砧板上，切片做沙拉時，父親正和不知不覺間來到背後：「哦，這個啦，麻煩妳了。」身材高大的正和一走進廚房，佳代的腳底便感受到地板大大地向下撓彎。

正和手中拿的是郵購的匯款單，六九八〇圓。

「你又買了什麼？」

「羽毛枕。」

「枕頭不是前陣子才剛買？」

「拿去那邊用了。單子我貼在這裡喔。」

正和將匯款單貼到冰箱上後，又折回餐桌。他用的磁鐵是佳代有一搭沒一搭蒐集來的食品造型磁鐵，雖然看不太出來，造型是迷你魚鰭肉握壽司。

附帶一提，正和提到的「那邊」，是他三、四年前交往的女友靜江家。

夏季這個時段，朝陽正好直射廚房。射入的晨曦照亮川端，浮沉在石甕水中的蔬果閃閃發亮著。

佳代將玻璃沙拉碗端上飯桌。剛切好的小黃瓜和番茄看上去涼爽十足。

「不是有罐像起司粉的沙拉醬嗎？」

正在攪拌納豆的正和接過佳代遞過去的柚子醬，又放了回去。

「起司粉？」

「啊，對了，我是在那邊吃的。」

佳代不予理會，逕自淋上柚子醬。

飯桌上都是正和愛吃的菜：鯖魚味醂一夜干、大粒納豆、高湯煎蛋、偏甜的醬煮蝦米大豆，加了許多石蓴的味噌湯熱氣氤氳。

「爸，你一直換枕頭，脖子又不舒服了嗎？去讓人家推拿一下吧？」

「是啊。」正和粗魯地轉了轉脖子。

「不可以那樣亂轉脖子啦。我幫你預約好嗎？最近大野先生那裡現場都排不到喔。」

在某種意義上，佳代十分崇拜這位名叫大野的按摩師。說崇拜是誇張了，但不管是眼睛疲勞造成的頭痛，還是令人全身發麻的腰痛，大野都能手到痛除。他年約三十五，戴副眼鏡，個頭嬌小，按摩力道絕稱不上有勁，但那輕柔的指壓節奏，反倒更能深入體內。最厲害的是按摩到最後，罩在兩眼上的那雙手掌，分明未碰到半分，掌心的熱度卻點滴滲透肌膚之中。

「爸，你今天要去工地吧？小心中暑喔。好像又會到三十五度左右了。」
「我想也是，一早就熱成這樣了。」
目送正和從玄關離開後，佳代將小碟子裡剩下的高湯煎蛋夾進口中。
正和經營的豐田石材行，位於離自家約五分鐘車程的縣道旁。對面就是琵琶湖，站在觀光客的角度，應是一片與湖畔的松林相映成輝的絕美景致，但看在已習以為常的佳代這些當地人眼裡，只會注意到鋪碎石的停車場，以及石材行前面三臺並排的自動販賣機。
石材行是正和的父親幸三創業的，景氣好的時候，店裡雇了好幾個年輕師傅，如今只剩下正和與另一名師傅勉強做著生意。基本上是做墓碑，但由於人口銳減，加上合葬墓地流行，這十幾年比起墓碑，更多是經手建築石材和磁磚。
在廚房洗完碗盤，佳代到盥洗室簡單化妝後出門。車庫裡，流浪貓睡得一派酣暢。
「吃飽了嗎？」
佳代招呼，但貓頭也不抬，只是心滿意足地大大地晃了晃尾巴。這隻貓沒有右眼，似乎是天生的，小貓的時候在川端喝水，被隔壁的佐伯阿姨發現，覺得可憐帶去看醫生，但後來也沒有帶回家，當成社區街貓餵食。

佳代跨過睡覺的貓，正要坐上自己的車，佐伯阿姨現身招呼：

「佳代，早啊。要去上班了？聽說今天也很熱，當心中暑啊。」

她的手上提著沉甸甸的洗衣籃，額頭冒著汗珠。

「……啊，對了，佳代，謝謝妳奶奶的回禮啊，昨天收到目錄了[1]。」

佐伯阿姨放下洗衣籃，抓起掛在脖子上的毛巾抹汗。

「可以自己挑比較好對吧？阿姨挑了什麼？」

「還沒決定吔。太多了好難選。我本來想挑米或是肉，可是又看到可愛的陽傘那些。」

「對吔，有陽傘。還有包包什麼的，很多對吧？」

「那種包包適合年輕人啦。」又抓起毛巾擦脖子的阿姨說：「……不過時間過得真快吶，已經做完三年法事了……」她仰望今天似乎又會火傘高張的夏季天空。

「啊，我快遲到了。」

佳代打開車門。一坐進車裡，車內的熱度逼使全身汗水狂飆。

1　譯註：日本習俗中，喪家會對法事收到的白包回禮，除了直接準備糕點等回禮以外，也有提供目錄供挑選的形式。

從車庫駛過水路上的短石橋，進入馬路。這個時段路上常有附近的國中生騎腳踏車橫衝直撞，因此佳代挨在方向盤上，確認前方路況之後，才將車開出去。

前些日子，佳代家在臨濟寺辦了祖母壽子的三年法事。

直到過世前一天，祖母都還十分健朗，甚至還到附近超市買東西，她的離世來得又快又急。也許是太令人錯愕了，不管是守靈還是告別式，佳代都沒有流下半滴眼淚，然而，不知為何，前些日子的三年法事一結束，她便哭得無法自已，躲在寺院境內的松樹後抽噎不止。

不是悲傷或寂寞，而是祖母過世後整整兩年來所累積的一切，像是「欸，奶奶，要幫妳拿毛巾被嗎？」「欸，奶奶，玄關門鎖了嗎？」「欸，奶奶，今天也很熱喔」，「奶奶！欸，奶奶，我叫妳啦！」彷彿兩年份的呼喚，突然從體內潰堤橫流一般。

佳代哭了個夠，想起小時候祖母告訴她的民間故事。有些是知名的故事，也有些像是祖母編的，其中她到現在仍記憶猶新的，是關於天狗的故事。

某天，村子裡的少女神隱不見了。村人拚命尋找，少女仍下落不明。這時，少女在森林中醒來了。在暮色籠罩的森林裡，少女被抱在一名疾奔的人懷裡。那雙臂膀十分粗壯，柔軟極了，她整個人就像被包裹住一般。但天色昏暗，她看不清那個人的臉。

「你是誰？」
少女問，那人忽然停步。
「我是天狗。」
那人說完再次在森林裡發足疾奔。
車子開出縣道後，佳代朝正和的石材行反方向駛去。湖邊的馬路是雙向單線道，由於地勢平坦，別無岔路，許多車子開得飛快，像佳代這種遵守限速的駕駛，不是被露骨地逼車，心驚膽戰，就是被強硬超車，嚇出一身冷汗。
從這條縣道沿著湖邊北上約五公里，便到了佳代上班的護理之家「楓園」。
佳代等員工的車需從正面玄關繞到建築物後方角落的員工停車場，依當天先到的順序停車，因此只要看到這裡的車，就知道今天誰上晚班，日班有誰已經到了。
佳代下車後，掃視了一下同事們的車，再次心想：同樣都是車子，還真是五花八門。
像佳代這樣的女員工，幾乎都開小型車，不過還年輕的小梓，開的就是淡粉紅色的鈴木ALTO Lapin，外型就像個布偶。單親媽媽的二谷姊，開的則是車內空間寬敞實用的紅色大發Tanto。只有會和老公還有孫女一起去露營的班長服部姊，開的是特別訂製的露營車款的迷彩塗裝吉普車。

服部會開露營車，是有理由的。他們夫妻扶養著外孫女三葉。

服部說，他們的獨生女離婚後，跟別的男人交往，起初當然也會帶女兒三葉和新男友見面，但三葉對男方的態度似乎愈來愈差。只是，女兒不僅不打算和男人分手，甚至有時會丟下三葉出門約會，服部夫妻看不下去，便將三葉帶回家生活。

夫妻倆為了鼓舞悶悶不樂的三葉，開始帶她去露營。也因此服部才會對戶外活動如此熟嫻。

佳代深覺只有自己的車子毫無特色。重視價格和耗油量挑選的小型車是最受歡迎的車款，開起來也得心應手，她並沒有不滿。但因為選擇了最安全的白色，有時候在附近的大型超市或湖畔購物中心停車場，常因類似的車子太多，一時找不到自己的車。

走進護理之家前，佳代伸了個懶腰。這裡位在地勢稍高的臺地上，照理說應該通風良好，卻不巧沒有半點風。以前她負責照顧的住民裡面，有位據說年輕時是建築家的老先生。那時他身體狀況還不錯的時候說過，這座「楓園」擋住了來自琵琶湖的湖風，而且像土堆般的地形無形間阻礙了氣流。

係。

聽到這說法，佳代覺得言之成理，但又覺得只要有縫，風就能鑽過，似乎沒有太大的關係。

停車場強烈的陽光反射，佳代像要逃離似的走向建築物。舒適的冷氣撫過臉頰，隨即聞到了護理之家獨特的氣味。以前聽說偶爾才會來訪的住民家人或親戚，許多人都沒注意到這股味道，讓佳代很驚訝。當然，園內以最新的設備全天候通風排氣，偶爾造訪的訪客或許不覺得有什麼異味，只是，無論裝了再先進的換氣系統循環空氣，每天在這裡工作的佳代等員工，當然還有入住者，仍聞得到一股生的、人類的氣味。

「早安。」

佳代向櫃臺行政人員道早後便趕往更衣室。走廊上排放著住民們組成園藝社團後種植的香豌豆盆栽。

更衣室裡，剛下大夜的小野梓正在看手機影片，臉上怪笑不止。

「辛苦了。」佳代出聲招呼，梓立刻喜孜孜地遞出手機：「辛苦了，欸，佳代姊，給妳看這個。」

伸頭一看，是YouTube影片，佳代忍不住將梓的手推回去：「這什麼啦！」

「是流星他們的新影片，很白痴對吧？用洗衣夾夾住雞雞互拉，白痴吔。」

「討厭啦！」

佳代將手機推得更遠。

「沒關係，有打馬賽克啦。」

儘管覺得蠢，但影片傳來一票男孩的笑聲實在太開心了，佳代忍不住又望向影片。她實在不懂這到底有什麼好玩的，影片中，據說是YouTuber明日之星的梓的男友和朋友們，正認真地互拉綁在洗衣夾上的繩子。

比起拉別人的，被人拉似乎更痛，看著那些男生貓著腰，一下靠近對方、一下後退的模樣，佳代竟也慢慢習慣了這種有礙觀瞻的內容，覺得有些好玩起來了。

「啊，對了，佳代姊妳也幫忙訂閱一下頻道吧。訂閱人數一直沒有增加。」

「我才不要，都是這種影片對吧？」

「偶爾也會介紹電影那些啊。不用看沒關係，訂閱就好了。好嘛，拜託啦，晚點我用LINE傳給妳。」

梓的目光又移回影片，笑個不停。佳代打開置物櫃，換上制服。

梓的男友流星，本行好像是模板工。兩人最近同居了，但梓相當煩惱，男友每天早上六點前就得去上工，經常要上大夜的自己能照顧他多少？「小梓，妳的觀念還真傳統。」佳代驚訝地說，反而引來梓的驚訝：「咦？哪裡傳統，這很現代吧？」

○

尼龍釣魚褲直浸到腰部，大腿就這樣被湖水壓迫著。沐浴在夏季豔陽下，湖面波光粼粼，雖然站在湖岸榛木的濃蔭下伸出釣竿，然而只要風一停，全身便汗流浹背。

濱中圭介暫收起釣線，從釣魚背心取出水壺，喝了妻子華子特調的自家寶礦力水得。味道跟正牌的相距甚遠，不過自家的檸檬味較濃厚，圭介很喜歡。

回望停在湖岸的車，原本應該在日蔭裡的，陽光卻在不知不覺間爬上了擋風玻璃。

圭介重新環顧四周。琵琶湖這一帶是淺灘溼地，密生著一片蓊鬱的蘆葦。蘆葦葉在拂過湖面的微風中靜靜地擺動著。

蘆葦原裡也長著許多赤芽柳和立柳等高大樹木，自湖面伸出粗壯枝幹的姿態，不禁讓人聯想到熱帶雨林的叢林，但若說叢林是原色油畫，那麼這幅湖面景致就如同水墨畫般，缺乏色彩。

圭介今天休假，一早就來釣魚。他去了戶外用品專門店，打算將兩個月前和華子在湖畔購物中心累積的點數用掉。正好釣具在特價，於是趁此機會將臭味洗不掉的舊釣魚服全套換掉。此後他一直期待穿上新的釣魚服下水，卻遲遲排不到休假，要不然就是好不容易休假，天公卻不作美，直到今天才終於穿上身。

不知是新裝備的效驗，還是新買的「重卡羅萊納釣組」特別順手，拋得比想像中更遠的關係，圭介接二連三完美地釣上平均約三〇至四〇公分、毫髮無傷的鱸魚。

圭介遙望遠方湖面。

他意識集中到要拋出釣組的位置，只有那裡看似正微波蕩漾。圭介揮起釣竿。閃亮亮的線畫出如同想像的軌跡延伸而出。當三十五克的鉛墜落下的瞬間，平靜的湖面泛起漣漪。湖面愈靜，漣漪擴張得愈大。

圭介突然起身往車子方向走去。因為鉤上的蟲不知怎地掉了，他順帶在車子裡用了早餐。說是早餐，也只是路上在超商買的鮭魚總匯三明治，三分鐘就解決了。胃一填飽，平日的睡眠不足便捎來了睏意。一大清早便出門，現時還不到早上八點。

圭介放倒車椅，播放手機裡存的影片，他挑選的是疑似素人錄影的性虐待色情影片，女人的嬌喘聲突然冒出來，連忙調小音量。

他將車停在從湖邊的縣道進入水門旁的路，再駛過碎石路的湖邊，叢生的櫟樹剛好遮住他的車。

圭介在駕駛座褪下內褲粗魯地手淫。影片上據說是志願當性奴的女子，一面舔舐著男人的陽具，一面亮出護照出示本名。

圭介射精的同時，才想到護照一定是假的。剎時，女子淫蕩的嬌態頓時顯得假惺惺。他一陣掃興，用面紙拭去污漬，喝光水壺裡的自家製寶礦力水得。就在他下車準備將腳穿進晾在櫟樹枝上的釣魚褲時，手機響了。

是部長竹脇打來的。雖然今天休假，但也無法當作沒看到，圭介接起電話，耳邊傳來異於平時的迫切語氣：「濱中嗎？你可以立刻趕來嗎？……不，可以直接去現場嗎？」

「案子嗎？」

「你知道西湖地區有家叫『楓園』的護理之家吧？」

「楓園……？不，我不知道。」

「湖邊不是有野鳥中心嗎？從那裡往車站的方向……」

「啊！那棟蓋在田地中央的建築物嗎？原來那是護理之家嗎？」

「我一直以為是醫院，今天早上那裡好像有位入住者過世了。狀況目前還不是很清楚，總之你過去看一下。」

「好，我三十分鐘內過去。」

圭介掛了電話，隨手將釣具丟進後車廂。

花十分鐘回家，五分鐘換衣服，十五分鐘從住家趕到現場……他在腦中計算著時間，連續超車趕路。

一回到家，正在陽臺採收香草的華子看見丈夫這麼早回家，睜圓了眼睛：「怎麼已經回來了？」

「臨時有工作。我馬上就要出門。」

圭介脫掉衣服。

華子連忙從陽臺進屋，先將香草放到廚房，接著蹲到臥室衣櫃前要拿襯衫，圭介擔心就快臨盆的她說：「別這樣跑來跑去的。」
「會很晚回來嗎？」
「還不知道。」
圭介摩挲華子的腰部。實際上變得豐腴了許多，然而奇妙的是，像這樣撫摩，便能感覺到原本纖細的腰線。
「啊，對了，等你有空可以打電話替我跟大嫂道個謝嗎？她又送了看起來很貴的有機棉包巾過來，我上網查了一下，居然要一萬兩千圓。」
華子動手打開盒子。
「什麼包巾？」
圭介問，粗魯地繫上領帶。華子打開盒子，取出像毛巾的東西，包在自己的肚子上說：
「像這樣用來包嬰兒的包巾。」
圭介走到玄關將腳踩進皮鞋裡。剛買不久的新鞋，皮革壓出了聲響。
「不可以要太貴的東西。」
「又不是我要求的。」

圭介衝出了玄關。

「路上小心！」華子的叮囑傳來，但門已經關上了。

華子的娘家是代代在當地開業的牙醫，現在由長男繼承家中診所。圭介從以前就不喜歡這個大舅子的太太。當然雙方不曾發生過衝突，見了面也行禮如儀地打交道，只是對方感覺就是冷冰冰的，不管自己說什麼，感覺都被穿鑿解讀。

有一次圭介將他的感受告訴華子，然而華子雖然嫁給了刑警，對社會上的惡意卻渾然無覺，似乎不明白那種心情。在華子的心目中，丈夫與其說是在偵辦黑暗的刑案，更像是在扮演偵辦黑暗刑案的電視劇刑警角色。她想像中的刑案現場被照明打亮，一片明晃晃，沒有絲毫血汗等人類的氣味。

高中時期，圭介是足球隊的，應該頗受女生青睞。某天練習賽後的歸途，他和隊友走在路上，被比賽學校的女生要求一起合照。雖然開心，圭介更不想被隊友調侃。不料隊友說：「圭介，那我們先去站前的御好燒店等你。」像丟下鞋帶鬆掉的朋友般，將圭介給拋下了。

就是這時候，他才和就讀鄰町女校的華子開始交往。兩人是在兩校合辦的慈善義賣會的聯誼會上認識的，華子也和圭介一樣，被他們學校的男生要求合照。然後華子的朋友也像拋下鞋帶鬆掉的朋友般，自己先走掉了。

兩人就像重新綁好鬆掉的鞋帶，一抬頭的剎那便看到了對方。

此後他們上了當地大學，在搬出去住的圭介的公寓裡，展開了類似同居的生活。每逢長假，都會和同學一起去華子的父母名下的北湖別墅渡假。大三的時候，華子拿下琵琶湖小姐的殊榮，圭介騎著機車陪她參加全國各地的活動，一起品嚐各地美食。

大學畢業後，就讀警察學校初任科時，圭介考慮起結婚的事。六個月的在學期間，除了寫信以外別無聯絡方法，每星期一次的信件內容，不知不覺間談到了未來。當然，圭介打算和華子攜手共度一生。共結連理的對象若是華子，他有自信得到幸福，現在也沉浸在幸福當中。事實上，不僅朋友和上司，就連彼此的父母都對他們讚不絕口，說真是一對人見人羨、幸福理想的佳偶。

抵達的楓園並沒有特別拉起封鎖線。媒體車輛也還沒有到場，停車場風平浪靜，一名背駝得極嚴重的老人從廂型車被扶上輪椅，極緩慢地下了車。從竹脇部長的口氣，圭介還以為發生了轄內難得一見的凶殺案。

不過走進樓內後，現場還是亂成了一團，該園的員工和鑑識人員忙進忙出。圭介走到正向貌似護理人員的女子問話的學長伊佐美背後。

「我來晚了。」

圭介小聲招呼。伊佐美輕點了一下頭，很快地打住和工作人員的對話，帶領他到案發的房間。

「你聽說狀況了嗎？」

伊佐美問，圭介搖頭：「沒有，都還沒聽說。」

「被害人叫市島民男，一百歲。」

「一百歲？」

圭介忍不住停下腳步。

「戴上呼吸器療養的被害人，今早被人發現心肺功能停止。死因是腦缺氧。趕到的家屬認為機構的說明和工作人員的態度有異，所以報警。目前可能是呼吸器故障，或值班護理人員有業務過失……」

「是值班護理師發現的嗎？」

「不是護理師，是照服員。聽說她是在凌晨五點多注意到被害人有異狀的。」

走過擦拭得異樣光潔的走廊，機構人員正遠遠地圍觀疑似現場的房間。白色制服應該是護理師，淡粉紅色是照服員吧。

竹脇部長用手帕擦著額上的汗水，從那個房間走了出來。

「我來晚了。」圭介出聲說。

「我們出去一下好了。這裡交給鑑識處理。」

竹脇將圭介和伊佐美推了回去。

圭介回頭望向房間。平凡無奇的醫院單人房，放置了一張病床，床頭几也並沒有擺放花朵裝飾。

「好了，你再報告一次。」

三人走至長廊盡頭處左轉，原以為轉過去接著另一條走廊，沒想到已是盡頭，以ㄇ字型排列著看起來頗硬的四人座長椅，規劃成休息區。

竹脇在長椅坐下來，圭介和伊佐美站在他前面。伊佐美打開筆記本。

「昨晚值班的是兩名護理師，另有兩名照服員，似乎是這樣的配置。」

伊佐美說明，這家楓園護理之家，分為療養區和失智症專區，而死者是療養區的住民。

「……細節接下來才要調查，但死者死亡時間前後，兩名護理師都在小睡……」

「兩個都在睡？」竹脇插口。

「對。他們說把工作交給兩名照服員，但照服員卻說護理師沒有明確交代。」

「昨天是第一次嗎？護理師睡覺，把工作交給照服員這種情形。」

「不，聽說很常見，護理師人數不夠的時候都是這樣做。」

「好，繼續。」

「是。所以重點在呼吸器有沒有故障，如果一切正常，那麼就是機構方面的業務過失致死……」

耳裡聽著伊佐美的報告，圭介的目光飄向了窗外。建於高臺的這間護理之家，遠眺防風林另一頭便是夏日豔陽下的湖面。

○

浴缸裡的熱水隨著髒污的泡沫一同被吸入排水口。佳代盡快以毛巾擦拭住民的身體免得著涼，並在耳邊說著：「戍井阿公，現在吊具又要慢慢升起來囉。屁股和背後等移到椅子後再擦。溼溼的可能會有點不太舒服，要稍微忍耐一下喔。」

搭檔的二谷紀子算準時機，將堅固的吊帶掛到推椅上，操作遙控器，慢慢地抬起戍井的身體。與剛入住的時候相比，戍井的身體瘦弱了許多，但從吊帶的傾軋聲，還是感覺得到一名成年男子的重量。

佳代將乾毛巾蓋在戍井的胯間，雖說是為了安全考量，但升降機的動作實在慢到令人尷尬。只有重點部位蓋了條小毛巾遮掩的老人裸體，就像展示物般緩慢地從浴缸移動到推椅。

「不要不好意思，要心想自己是在讓老人家放鬆舒服。」

最初做這行時，前輩這麼叮囑過佳代。就在她看著像這樣被吊著緩慢移動的戍井的身體時，浴室門打開了。「還要很久嗎？」班長服部久美子探頭問。

「不會，已經要好了。今天戍井阿公脫衣服的時候完全不反抗。明明跟平常洗澡的時間不一樣說。」

二谷對移位輔具上的戍井微笑，但戍井沒有反應，佳代手扶著戍井細瘦的大腿，調整降下推椅的吊具角度。

「那，洗好戌井阿公後，妳們可以一起去諮詢室嗎？剛才本來說要一個一個去，但好像兩人一起也可以。」

服部說完，便粗魯地關上門。傳來走廊上跑遠的忙碌腳步聲。

「總覺得好緊張。這算是正式偵訊吧？」

二谷說，誇張地做出發抖的動作，但仍細心地擦拭戌井的背部和臀部。佳代將戌井皮膚鬆弛的雙臂掛到自己的脖子上，盡量將他抱高，方便二谷擦拭身體。

「……不過，幸好可以跟小佳一起去，我放心多了。」二谷說。

「我也是。我從念書那時起，遇到面談啊面試什麼的，就緊張到心臟整個揪起來。」

也許是知道自己一個人被晾在話題外，洗澡時安安分分的戌井這時卻想要掙脫佳代的手臂。

「……戌井阿公，忍耐一下喔，再一下就好了。」

佳代安撫著，但戌井反抗得更厲害了。

「戌井阿公，今天一〇八號室的市島民男阿公過世了。所以來了好多警察，來調查市島阿公怎麼會過世。雖然不是我們班負責的住民，不過所有的職員都被叫去問昨天晚上發生什麼事。」

雖然不可能理解二谷的解釋，原本掙扎的戌井全身放鬆了下來。

將戌井扶到房間床上後，佳代和二谷接著便走向入住諮詢室。原以為走廊上會大排長龍等著接受偵訊，沒想到不見半個人影。

「是不是要敲個門？」

二谷耳朵湊近門邊問，佳代也從旁邊將臉貼上去。房間裡也沒有人聲。

「還是在那邊等一下？」佳代看向長椅說。

「也是。」

佳代和二谷依偎著坐到硬邦邦的長椅上，頓時整個人坐立不安。就在此時，諮詢室的門開了。一名年輕刑警倏地伸出頭來問：「咦？這邊沒有女警嗎？」

「沒有。」二谷回答，佳代遲了一拍，也接口：「沒有半個人。」年輕刑警踮起腳尖看了一下走廊深處。也許是因為皮膚曬得很黑，襯衫看起來白得嚇人。

「妳們是……」

似乎放棄尋找女警的刑警將視線轉回佳代和二谷身上。
「班長服部要我們過來這裡。」二谷回答。
「服部是……」
「二班。」
「哦。那，請進。」
這時佳代和二谷才站了起來，兩人發現自己居然毫不客氣地一直坐著應話，害臊地用手肘輕撞彼此。但刑警的表情文風不動。
諮詢室裡一如往常，入住介紹等說明手冊也照樣堆在桌上，窗邊則擺著米老鼠和小熊維尼的布偶。
「我是西湖署刑警，敝姓濱中。謝謝妳們工作中抽空過來。」
這名刑警坐在平日工作人員坐的椅子上，而佳代和二谷坐在訪客用的豪華椅子上。
「貴姓大名，請簡單介紹一下？」
這時，刑警第一次抬頭。與其說抬頭，不如說只有眼睛往上看，筆直地盯著二谷。
明明不是看著自己，佳代卻忍不住躲開那目光。飄移的視線卻瞄到了一本像是刑警的筆記本。瞬間她心想，這就是推理小說中常見的警察手冊嗎？似乎不是，樣子像超市等也買得到的一般筆記本，攤開來的內頁上填滿了密密麻麻的蠅頭小字，彷彿隨時會爬出紙面，攀上刑警矖黑的手指上。

「這個我們每一個人都會問，可以請妳們大致說明一下昨晚的工作流程嗎？」

自稱濱中的刑警提問，二谷流暢地應答：「我昨天晚上上大夜，所以晚上八點來上班……」

一旁的佳代慌了。原來二谷早已事先準備好答案。她試著回想昨晚的事，更加緊張了。

原本，昨今兩天她都是早上九點到傍晚六點的早九班。不過從前一天起，班長服部和她商量，請她代替閃到腰臨時請假的沼田姊，早班之後又接著上夜班，已連續工作了二十四小時。再加上今早的騷動，原本她應該早上九點下班，為此和二谷一起工作到快中午。

不過也因為不規則的班表，昨晚她在休息室小睡了將近五小時，因此體力上沒有問題。

昨晚她和夜班的二谷一起巡視各個房間，結束例行工作時，就和平常一樣，約莫晚上十一點左右。回到辦公室，兩人分頭填寫日誌。二谷說佳代連續上班應該累了，要她休息，於是她在十二點前進入小睡室休息。

雖然沒有特地查看，但護理師中村她們應該睡在靠窗的上下鋪。她記得當時還心想：「今天晚上一班只有照服員醒著呢。」

後來她起身上過一次廁所，就一直睡到凌晨四點多。佳代整理儀容回到辦公室，二谷剛巡房回來，說：「咦，佳代，妳起來啦？可以睡到五點啊。」但她說已經醒了，便去剛好接到呼叫的二〇五號室幫住民白須更換尿布。

五點多的時候住民陸續醒了，工作人員和平常一樣變得十分忙碌。應該是早餐前檢查住民服用的藥物有沒有變更後，和二谷分配用膳工作的時候，一班負責的一樓忽然吵鬧起來。這裡是失智老人們居住的機構，小吵小鬧是家常便飯，所以她也只是納悶這次又怎麼了，靜觀其變。

在處理備餐等例行工作時，佳代得知剛才吵鬧的原因了。一〇八號室的市島民男今天凌晨過世了，原本發生異常會嗶嗶作響的呼吸器警報似乎沒有啟動。各個房間的早餐都收拾完畢後，佳代才聽聞趕到的家屬質疑病患的死因，並且已經報警的事。

佳代和二谷忍不住擔心，下去一樓了解狀況。不過，沒有預期中的混亂，一班的工作人員也都返回日常業務了。

「爸，你還要喝燒酎？還不吃飯嗎？」

佳代從冰箱取出鰺魚茶泡飯的袋子，倒在半碗白飯上沖入熱水。這是特地從長崎訂購的茶泡飯調理包，熱水淋在真鰺上，魚肉慢慢變白，散發出撲鼻的香味。

祖母壽子不太喜歡西餐，但唯一喜歡用這牌鰺魚茶泡飯調理包做的義大利麵，可以將一人份吃得精光。

「爸，要吃飯了嗎？」

佳代折回飯桌再問了一次。往杯子裡添燒酎的父親正和搖頭說「還不用」，又繼續說了下去：「……不過那個刑警總覺得不牢靠吶。」

剛剛離座之前，佳代將今天楓園發生的事情始末告訴了正和。正和對於一百歲的住民死因是自然死還是醫療疏失不太感興趣，但對女兒接受刑警偵訊十分好奇，聽完佳代簡短的說明仍問個不停：「咦，他沒亮出警察手冊裡的警徽嗎？沒問妳不在場證明嗎？」

「也不是不牢靠，那個刑警累壞了。這也難怪吧，同樣的問題一次要問二、三十個人呢。」

佳代啜著鰺魚茶泡飯說。

「就算是這樣，身為嫌犯的嫌疑也有輕有重吧？像妳這種不同班的人，和負責那個死掉老人的同事，偵訊方式也不一樣吧。」

「什麼嫌犯……」佳代笑了出來。

父親喝燒酎、女兒吃鰺魚茶泡飯的飯桌上，不適合嫌犯這種詞彙。

「爸，我到今天已經連續上了好幾班，要先去睡了。杯盤丟在洗碗槽就好了。」

佳代正要離開，正和有些難以啟齒地叫住她：「啊，對了，搬家的事……」

「已經找搬家公司了嗎？」

「只有我一個人的東西，用不著找搬家公司吧？」

「可是自己搬的話，又是一堆麻煩。天氣又熱成這樣……靜江阿姨怎麼說呢？如果決定要一起住，爸也要擺出個樣子來啊。又不是小學生遠足，總不能只帶內衣褲跟牙刷就過去了吧？」

「這我知道啦。」

正和一如往常，說到有些動了氣，這時佳代將自己的碗盤端去洗碗槽了。

為祖母守靈的那天晚上，佳代第一次看到正和和據說是高中同學的靜江在一起。過去正和經常提起靜江這個人，兩人也一起去過溫泉旅行什麼的，因此佳代某程度早已瞭然於心。

祖母的葬禮上，本來就熱心腸的靜江，從正和的喪服準備到外燴安排等等，無微不至地幫忙。對於靜江如此有些喧賓奪主的張羅，佳代不僅不覺得反感，反而坦然地想：「啊，這個人真的很愛爸。」

「你們怎麼不一起住？」其實最先提議的是佳代，至於正和，他害臊得不得了，說：「哎唷，都這樣這麼久了，不用了啦。」其實靜江似乎也提過要同住，正和低聲說：「……要是我搬過去，妳怎麼辦？」

坦白說，佳代並沒有想這麼多。但若是兩人要一起住，佳代腦中只浮現正和搬出去和靜江在某處生活的景象。當然，這裡還是父親的家，只是，從早逝的母親和祖母手中繼承的這個廚房，毫無疑問是屬於佳代的，她無法想像靜江站在廚房裡忙活的樣子。

「爸搬去靜江阿姨的公寓就好了啊。」

佳代理所當然地說。事實正和與靜江似乎也談過類似的選項，正和說：「唔，那樣她也比較自在吧。」但又擔心起佳代：「……可是，妳沒關係嗎？」

「其實，應該我搬出去才是道理吧。」佳代回答。

「誰管它什麼道理。」

「不過我也覺得爸去靜江阿姨那裡，她真的會比較自在。別人家的廚房真的很不順手嘛。」

已經喪妻二十年的鰥夫與十二年前離婚的寡婦，在年屆花甲前展開新生活。這不是成年的女兒應該插口干涉的事。

八歲喪母的佳代，在祖母壽子的全心關愛下長大。對自幼便和祖母一起操持家事的佳代來說，正和雖然是父親，卻也覺得他是這個家的獨子。這個獨子要搬出去獨立，和其他女人一起生活。似乎這個緣故，她絲毫沒有將要失去父親的感傷。

當晚佳代比平常更早上床。白天雖然中間小睡了一下，但連續上班還是非常疲勞，沖完澡吹頭髮的時候，睡意已經壓得她整個人快麻木了。因為不想被熱醒，她打開平時不開的冷氣，並設了定時，接著從壁櫥裡搬出夏被。收到幾則訊息的LINE和短訊也沒有點開。熄了燈閉上眼睛，彷彿要掉進睡夢中，然而這瞬間，奇怪的是濱中這名刑警的臉浮現腦海。

在入住諮詢室的那場偵訊之後，她一次都沒有想起那張臉。連向正和描述的時候都忘了。然而那張臉不知為何，此時才又鮮明地浮現出來。就在下一秒，佳代猛地渾身哆嗦了一下，連忙將夏用被掖到脖子處。因為她察覺並不是忘了那名刑警，而是彷彿置身事外一般，強迫自己不去想起他。

○

被領至陳列著醫療儀器的展示間的濱中圭介，手中捏著小手帕不停擦拭流個不停的頸間汗水。室內空調舒適，只是從車站頂著豔陽一路走來，身體的燥熱遲遲不退。大阪市內的氣溫超過三十六度。

「這是與楓園使用的同型的呼吸器，正如我剛才說明的，只要機器發生任何異常一定會發出警報。」

負責人一身清潔的工作服，觸摸著呼吸器的液晶畫面，拉扯透明管子示範。

圭介拜訪的是楓園採用的呼吸器的大型醫療儀器廠商P公司的大阪總公司，這是他第二次來訪了。第一次的時候，他聽到的是最新款儀器的說明，而非楓園使用的那款呼吸器，由於警報音等功能似乎有些不同，他仍想確認同型儀器的狀況，因此再度來訪。

附帶一提，第一次拜訪時，P公司的顧問律師及法務部職員也大陣仗地在場，這次則不見那位長髮塗滿了髮油、看了就熱的顧問律師。

「那，我們試著觸動警報發出聲響。」

P公司的負責人操作著機器，過了三秒左右，液晶畫面以大型數字顯示秒數。5、4、3、2、1、0，警報聲確實響起。

但若這是鬧鐘，睡得熟一點，這點音量根本叫不醒人，圭介忍不住問：「聲音這麼小嗎？」結果警報聲愈來愈響。

「如果附近有人，可以按這個鈕解除警報。但若沒有解除，就會像這樣，音量愈來愈大。」

為了不被變大的警報聲蓋過，負責人拉大了嗓門。

「現在的音量是最大了嗎？」圭介也大聲說道。

「是的，這是最大聲了。」

「能先讓它繼續響著嗎？」

圭介要求，接著走到走廊。即使關上不怎麼厚的門板，音量也幾乎不變。他打算跑過長廊到正面玄關的櫃臺。兩名制服櫃臺小姐起身準備應對。

「不好意思。」

圭介來到兩人面前回頭，望向產品展示室的方向。雖然不到刺耳，但音量足以讓櫃臺小姐們蹙眉。

產品展示室的門和楓園現場的門，還有牆壁的材質都差不多。那麼，市島民男過世的一〇八號室附近的其他房間不用說，離走廊稍遠的小睡室和護理站也一定都聽得到這樣大小的音量。

附帶一提，當時小睡室有兩名護理師在小睡，護理站有兩名照服員。

小睡中的護理師有可能沒聽見，而當時醒著的其他班的照服員也都作證說沒聽見警報聲。這表示機器故障，沒有發出警報。實際上作證沒聽到警報聲的，是當天一班的值班照服員本間佐知子和松本郁子，兩人都是四十多歲，是已經在照服業做了十幾年的老手。警報果然沒有響。

圭介在仍高亢地響個不停的警報聲中跑回產品展示室。

請負責人關掉警報後，那聲音仍殘留在耳底。

「這是敝社的產品，我這樣說或許像在幫自家說話……」

負責人客氣地對正要吞口水的圭介說。

「但我上次也說過，這臺機器最大的目的就是維持病患的呼吸，因此設有重重關卡的自動檢測功能。」

第一次拜訪時，圭介也詳細聽到這方面的說明了。

首先，假設由於某些原因警報沒有響。然後假設是機器沒有正常運作，警報因而沒有響起。

「但這種情況機器會檢測到警報未響起的異常，發出這樣的蜂鳴聲，並顯示訊息。」

如同負責人所說明，機器伴隨著大音量的蜂鳴聲，反覆出現「檢測出警報功能異常，請立即排除故障」的訊息。那麼，這次是連這樣的蜂鳴聲都沒有響嗎？

「這臺機器設計成就連故意拔掉電源都會發出警報，除非瞬間將這臺機器徹底破壞，否則實在不可能所有的檢測功能都同時故障。」

然而現場的機器完好無損，現在也在楓園裡。如果要避免蜂鳴聲響起，停止呼吸器功能，就必須在警報一響起的當下就快按警報停止鍵。但五秒後警報又會響起，因此必須再次按停止鍵。重複這個動作三次，機器才會認定是警報功能故障，將一切功能交付給按下三次停止鍵的人。

反過來說，除非有人故意連按三次警報停止鍵，否則不會發生這次這種情形，而市島民男現在應該繼續靠著呼吸器維持生命。

閃電掠過昏暗混濁的湖面。敲打在擋風玻璃上的雨，讓抓著方向盤的圭介不自覺地縮起了脖子。從大阪返回滋賀的圭介，在豪雨中行駛在湖邊的縣道上。雨勢過於滂沱，即使將雨刷開到最大仍無法確保前方視野，簡直像開進了瀑布當中。

也許是因為前後都沒有行車，雖然還是傍晚，車燈照出來的雨幕顯得格外地白。

圭介踩下煞車，準備從湖邊的縣道左轉進田間小徑。由於能見度很差，他的行車速度放得比平常慢了許多。就在他準備切方向盤時，「砰！」的一聲，後方傳來劇烈的撞擊。

圭介連忙用力大踩煞車，但衝撞將車子往前推。兩邊前輪都掉進深深的灌溉渠道，車子劇烈彈跳，車中的圭介也整個人浮了起來。

車體勉強卡在路肩沒掉下去，但圭介只能用手撐住天花板，等待震動平息。

震動慢慢地靜止，終於又只剩下敲打擋風玻璃的雨聲。似乎沒受傷。脖子和腰部也未感疼痛。

後視鏡照出背後的白色小轎車。沒有打開車燈。看出去就像在窺看瀑布內側。

圭介小心盡量不晃動車體，打開車門。雨水一口氣灌進車子裡，但他不顧一切走出車外。一離開車子，立刻淋成了落湯雞。瞬間，他擔心口袋裡的手機，同時一股更深的怒意油然而升。

白色小轎車駕駛座上是一個女的。開到最快的雨刷另一頭，茫然自失的女人的臉若隱若現。

圭介咂了一下舌頭，走向車子。鞋子裡立刻積滿了水，踩出「噗滋」的討厭聲響。這時，女人急忙下了車，杵在傾盆大雨中一動不動。

圭介朝車子努了努下巴說：「先上車吧，站在這裡也只會淋溼。」接著不理似乎嚇壞了的女子，說：「……我先上車了。雖然會弄溼車座。」他想進去副駕，但車門鎖著打不開。

女子察覺，連忙撅起屁股鑽進駕駛座，從車子裡朝副駕伸手開門。

溼掉的牛仔褲一清二楚地浮現出臀部的形狀，捲上腰部的襯衫露出溼掉的皮膚，淌過肌膚的雨珠鑽進臀部。

圭介進了副駕駛座，溼掉的POLO衫在背部和車椅間滑動。

「車子有保險吧？」

在副駕坐下來後，圭介首先問道。送風口撲來的強冷風使得身體急速寒冷起來。

「……有保險吧？」圭介再問了一次。

「啊，有。」

女子看著擋風玻璃前方的圭介的車。

「妳能先打電話給保險公司嗎？這樣應該比較快。」

相對於催促的圭介，女子的動作極為緩慢。她似乎不是故意的，掏出手機的手在發抖。

「妳沒遇過車禍？」

圭介問著，用手掌粗魯地擦抹自己的溼臉，但這麼做只會將臉上的油給抹開而已。

「啊，對了……」

女人忽然出聲。

直盯著女子掏出手機的手的圭介，再次端詳起她的臉，從劉海落下的水滴滑過溼漉漉的臉。

「……那個，我沒有保險……」

「什麼？」

圭介忍不住粗聲粗氣起來。

「不是，我本來有保，可是後來換成網路投保……但要到下星期，那個，才會生效……因為如果簽約日延後五天，就有早鳥優惠……」

女子似乎整個人亂了方寸，就此陷入絕望似的，說不出話來了。

「這是妳的車吧？」

圭介問，女子點點頭說「是」。那，就算財損沒辦法，但總有強制險吧？當下圭介想這麼告訴女子，但看她怕成那樣，便忍不住要捉弄她一下，一本正經地威脅說：「要是拿不到保險理賠，妳搞不好會被判刑坐牢。要被關進交通監獄。」

女子似乎更加驚慌了，一會看著擋風玻璃前方大雨中的圭介的車，一會又望向副駕上的圭介。下一秒，不知道是圭介先發現，還是女子先察覺，幾乎同時，兩人的眼神都緩和下來了。

圭介微微側頭，女子確信地低低「啊」了一聲。

「妳是楓園的……」

圭介說著，雖然實在想不起名字，但他記起了眼下坐在旁邊的女子就是前些日子偵訊的楓園員工之一。

「是的，我是豐田。照服員豐田佳代。」

女子畢恭畢敬地報上名字，像再次接受了偵訊。霎時，車子裡的空氣鬆弛了許多。也許是放鬆了，汽車空調的冷風讓圭介大打噴嚏。

「啊，這個給你。」

女子艱難地扭轉身體，手伸向後車座拿了條毛巾給圭介。身體幾乎相觸時，嗅到了一股汗味，不知道是哪一方的。圭介不客氣地用那條毛巾擦臉。

「妳沒看到嗎？」他邊擦邊問。

「咦？」

女子反問，似乎不明白圭介在問什麼。

「就是，妳沒看到我的車要左轉嗎？」

「啊……。真對不起，雨下得很大，我在看湖那邊……」

女子說著，望向湖的方向。圭介也跟著望過去，可惜雨水潑在車窗上，看不見另一頭的湖。

一輛大卡車激烈地濺起水花，從旁邊駛過。紅色車尾燈將車內染成一片紅。卡車離去後又只剩下雨聲。大湖的湖畔就好似只有這輛白色小轎車被孤伶伶地拋下。

「我來聯絡拖吊業者，在那之前，可以先待在車子裡嗎？」

圭介有些不耐煩地說。

女子匆匆回應「當、當然可以」，總算關掉了一直激烈擺動的雨刷。

○

雨水流過厚重的破風式屋頂。水量驚人，令人有種站在瀑布內側的錯覺。雨也有感情——算起來屬於現代理性派、與浪漫情懷距離遙遠的池田立哉，也被這場激烈的雨勢激起了這樣的感懷。

池田稍微從窗邊退開。退後的瞬間視野豁然開朗，眼前是一片濃霧中的琵琶湖。湖面亦被激烈的雨點擊打，如果雨有感情，那麼承受著這片豪雨的湖面，或許亦有感情。

池田所在之處，是位於湖畔的舊琵琶湖飯店裡的特別展示室。過去開業的時，似乎是作為貴賓室使用。這棟舊琵琶湖飯店是昭和九年為了招攬外國觀光客而建的國際觀光飯店。特徵是外觀為桃山樣式的和風建築，內部裝潢卻是西式，現在被指定為歷史文化資產，受到保存。昔日做為飯店營業時，有「湖國迎賓館」之稱，昭和天皇等眾多的皇族、海倫·凱勒、約翰·韋恩、川端康成等名人都曾經是這裡的座上賓。

「不好意思……」

忽然有人出聲，池田回頭看。不知何時背後站著一名貌似工作人員的老先生。戶外的雨聲似乎蓋過了腳步聲。

「抱歉，嚇到您了。」

「啊，不會。外面雨聲太大，所以沒聽見。」

「好大的雨呢。」

工作人員望向窗外，忽地想起來似的說：「那個，真是非常抱歉，接下來室內要進行維修工程，這個房間的空調會暫時關閉。」他望向天花板的送風口。

「沒關係，我也差不多要離開了。」

工作人員調正稍微傾斜的牆上展示板，問：「您是來做什麼調查的嗎？」

「咦？為什麼這麼問？」

「因為您看展示品看得很認真。」

池田忽然想到，指著眼前的照片說：「請問，這張照片……」

工作人員走過來，撫摸著裱框的橫條說：「哦，這張照片的話，是照片中澀井會的會長受勳時舉辦的宴會。記得是七〇年代中期的照片，不過上面沒有日期呢。」

「好豪華的宴會……您說的澀井會是？」池田明知故問。

「是發跡於這一帶的大型醫療法人。」

「醫療法人？是大型醫院組織嗎？」

「是的。不過現在這地區已經沒有了。」

「這裡不是他們發跡的地方嗎？」

「以前有過一家大型綜合醫院，但似乎很久以前發生過一些醜聞，受到惡評波及，縣內的設施似乎縮小了規模。不好意思，我也是外地人……」

雨勢再次轉強，敲打著玻璃窗。

「那麼，請您慢慢觀賞。空調停掉之後，可能會有點悶熱。」

工作人員又無聲無息地離開了。

也許是天氣使然，展示室沒有其他參觀民眾。池田在窗邊沙發坐下來，打開筆電。

他會來到滋賀，是為了調查採訪九〇年代發生的某起事件。

當時，一款針對血友病等病患的臨床試驗血液製劑，造成了嚴重的副作用。推估有四百至五百人受害；使用這種血液製劑的五年之間，有五十多人死亡。

附帶一提，販售這種血液製劑的藥廠叫「ＭＭＯ」，現已改名為「阿拉莫斯」，是一家民眾透過電視等媒體廣告，耳熟能詳的大企業。

經過調查，發現當時有一名叫宮森勳的醫師，明知這種血液製劑具有危險性仍積極推薦使用。這名醫師從製劑研發階段開始，就從ＭＭＯ收取大筆研究經費，而他當時任職的地方就是澀井會旗下的研究機構。

簡單明瞭的情節就是，利益掛帥的藥廠（ＭＭＯ），與旗下醫師聯手竄改、捏造臨床試驗數據等資料，而編輯部收到了這些足以成為證據的匿名爆料。藥廠及醫師明知道此種血液製劑對人體造成的危險性，卻仍繼續在臨床上使用，導致受害擴大。

但情節如此昭然若揭的案子，不知為何沒有成案。檢警最後無法找到確鑿的證據，黯然收手，後來過了十年，受害者家屬同意了醫院和藥廠提出的和解方案。

事到如今挖掘出這樁九〇年代發生的舊案，當然是有理由的。最近這名醫師宮森勳被選為下任日本醫師協會的會長，週刊打算在他就任的時機當成頭條新聞，將此案大大地曝光。

就在展示室的空調停止時，手機響了。雖說空調一停，總不可能室溫立時上升，奇怪的是，額頭卻瞬間冒汗。

手機上顯示總編渡邊的名字。

「……你那裡離西湖地區近嗎？」

「西湖地區？」

池田複述渡邊性急的問題。眼前的牆上正好掛著琵琶湖周邊的地圖。他伸指在地圖上尋找，發現目前所在地的大津市三十公里外就是「西湖地區」。

「不算近，開車二、三十分鐘吧。怎麼了嗎？」池田問。

「西湖地區有家叫楓園的護理之家，那裡最近好像發生了醫療疏失案。我立刻把資料用電郵傳過去，你可以過去看一下嗎？雖然不知道能不能寫成報導。」

「醫療疏失？」
「對，死亡的好像是一名叫市島民男的一百歲老先生。」
「一百歲？」
池田忍不住反問，瞬間「嗯？」地歪起頭來。他歪著頭，目光回到上一刻還在看的裱框照片。
「……渡邊大哥，你剛才是說『市島民男』嗎？」
「對，怎麼了？」
「呃……市場的市、島嶼的島、民間的民，男子的男，對嗎？」
黑白照片上，一群盛裝出席的紳士淑女圍繞著擺滿了豪華西餐的餐桌。旁邊併記著與會者的姓名，其中一個就是「市島民男（京都大學教授）」。
「……渡邊大哥，那個人以前是京大教授嗎？」池田問。
「咦？是嗎？我手上的資料沒這麼詳細，他很有名嗎？」
「沒有，剛好我前面有張像是拍到那個人的老照片。」
「照片？」

應該要說明一下狀況，但池田懶了。

剛才看到這張照片時，市島這個姓氏留下了印象。不過也只是因為大學一起打麻將的牌友裡面有一個就姓「市島」，才會注意到罷了。

池田重新端詳照片。首先映入眼簾的，是巨大的水晶燈。圍在鋪白色桌巾的圓桌旁的，是三名穿正式禮服的男子；三人身邊，貌似妻子的女性全都一襲和服端坐著。圓桌上擺飾著大朵的百合花，桌上的杯盤幾乎快擺不下。這是和樂融融的餐會一幕，像是市島民男的壯年男子也絲毫不顯拘謹，露出健康的齒列笑著。

市島民男旁邊就是醫療法人澀井會的創始人，也是歷年會長的澀井宗吾，在前面回頭的是第八銀行總裁段田信彥。與看上去應是六旬年紀的澀井以及段田夫妻相比，市島民男與妻子顯得年輕一些。

照片沒有其他說明。是舊琵琶湖飯店這裡夜夜笙歌的晚宴一景，相較與皇族或海倫・凱勒女士，與會者也顯得平凡許多。

池田用手機搜尋了一下「市島民男」。維基百科沒有條目，查到兩、三則相關的網路資料，但都是類似名單的內容，沒有特別值得留意之處。

不過這麼一來，也讓人覺得有些奇怪。特別展示室的照片上註記的身分是京都大學教授。現在已經一百歲了，就算三 四十年前已經退休，照理說應該還是能搜尋得到相關報導才對，但，卻毫無資料。

相反地，澀井和段田一下子就查到了。

澀井現在仍是在全國各地經營醫療機關的醫療法人澀井會集團的創始人，據總部官網上的沿革內容所說，集團最早是在戰前的舊滿州開業的澀井醫院。

至於第八銀行總裁段田信彥，一樣家世不凡，祖父是舊長州藩士段田四郎，在大藏省[2]任官，後來調往滿州中央銀行，戰後擔任第八銀行的總裁。

「舊滿州的醫療法人大老闆、舊滿州的銀行家，加上京大教授。」

池田口中喃喃著三人的頭銜，走出特別展示室，搭乘古意盎然的電梯下去一樓。現在這裡已經不是飯店，大廳樓層空空蕩蕩，伴手禮店的店員小姐憂心地看著外頭的傾盆大雨。

就在池田踏出正面玄關的當下，閃電掠過漆黑的天空。他忍不住縮著脖子，撐起超商買

2 譯注：大藏省為明治初期設立的財政金融中央機關，在平成十年改組為財務省。

來的塑膠傘跑向停車場的廂型車。這時，雨傘的傘布被強風掀開了。即使如此，池田仍出於慣性，躲在只剩傘骨的傘下蜷著背奔跑。衝進廂型車時，整個人已經全身溼透了，在副駕等待的攝影師大久保見狀都笑了出來。

從大津順時鐘繞過琵琶湖往西湖地區前進，雨勢也絲毫沒有轉小。道路各處形成深深的積水，使得好幾次車子差點打滑。

「死者家就在楓園再過去不遠處，怎麼樣？先去護理之家嗎？」

在副駕查看手機地圖的大久保說。

「不好意思，還要大久保大哥幫我看。」

「不會啦，阿邊也將資料用郵件傳給我了。」

大久保是即將年屆六十的資深攝影師，那張曬得黝黑、五官粗獷的臉，和在鄉下務農的池田祖父有幾分神似。

「……對了，阿邊他痛風還好嗎？」

大久保邊滑手機邊問。

「還在痛。倒不如說，好像已經無法想像不會痛風的渡邊大哥了呢。」

「咦？池田，你今年幾歲啦？做幾年了？」
「今年入行第三年。二十五歲。」
「才二十五？未免太老成了吧。」
「會嗎？」
「這麼說來，阿邊說過，你念書的時候整天在麻將間摸牌？難怪。」
「『難怪』？」
「才會看起來這麼老成。賭博會讓人變老。」
「真的假的？」
大雨中，車子在湖邊的縣道飛馳而過。對向幾乎沒有來車，如果遇上大面積的積水，還能切到對向車道閃避。大雨滂沱之中，遠方停著幾輛車子，閃爍著警示燈。
「是怎麼了？」池田出聲。
「車禍嗎？」大久保喃喃。
池田放慢車速。細一看，有輛車子前輪掉進灌溉水道，拖吊車正在拖吊出來。
「輪胎掉進去了呢。」

大久保喃喃的瞬間，這幕情景已流向後方，化成一幕幻想般的景色留在池田腦中。大霧的湖畔，滂沱的雨中，幾輛車子的黃色警示燈明滅閃爍著。

進入西湖地區後，雨勢總算轉小了。根據大久保搜尋到的網路資料，這一帶從江戶時代起，似乎就是繁榮的門前町[3]，亦是琵琶湖水運的要衝，興盛發展，現在也以站前為中心，興建起頗具規模的拱廊商店街，今天雖然不巧下著大雨，販賣佃煮和醃漬物的雅緻店家仍有許多觀光客的雨傘進進出出。

這次的死者市島民男的住家就位在穿過商店街的地方。那一帶已不見站前的嘈雜，零星佇立著保留黑色圍牆的古老民宅，看來古時似乎是氣派的武家大宅區。現今也許是為了節稅，或無人繼承，許多人家的土地一角都改建成投幣式停車場，但仍保留了古時風情。

市島家也將原本應該相當廣大的土地分割成幾塊，除了老房子和投幣式停車場外，還蓋了棟小公寓。之所以知道這棟公寓是市島家的，是因為門牌上標示著「市島公寓」。

池田將車停在投幣式停車場。此時雲層依然厚重，但雨停了。

「我過去看看。」

池田對大久保說，一個人走出停車場。他先在市島家的土地繞了一圈。若是在東京都內，這外觀稱得上顯眼的豪宅，但是在這一帶，算是規模小了一些。

被高聳的圍牆遮擋，看不見屋子裡面，二樓窗戶全都拉上了窗簾。池田踮起腳尖，想要窺看格子門內，這時通道對面人家有人推著腳踏車出來了。

池田一臉若無其事，對正要跨上自行車的六旬婦人招呼：

「市島家是都出門了嗎？我按了好幾次門鈴都沒人出來。」

所幸，婦人沒有對池田起疑，告訴他：「咦？奶奶也不在嗎？爺爺不久前剛過世，最近家裡好像有些忙亂。」

「對啊，所以我才會過來。」

對於池田含糊的回應，婦人也毫不在意：「我們家最近和市島家也有些疏遠了。我剛嫁來的時候，爺爺奶奶真是好優雅的一對夫妻，對我們多方照顧。不過這十年左右，奶奶也整個蒼老了……他們雖然有女兒，也不會跟我們街坊打交道。她性子有點強勢，大概大我兩、三歲吧……年輕時候是當地電視臺的主播什麼的，就是那種人啦。」婦人對初次見面的池田

3 譯注：門前町指日本中世以後，在大型神社及寺院大門前形成的城鎮。

滔滔不絕。

池田以新進員工身分被分派到目前的編輯部時，總編渡邊一看到他，便開心地說：「你很管用。因為你這張臉不會有人起疑。」

「咦，說人人到，哎呀。」

婦人連忙收聲，望過去的方向，一樣是個婦人推著腳踏車過來了。

「……那就是市島家的女兒。」

婦人小聲告知，隨時跨上腳踏車，向過來的婦人點了點頭騎走了。池田毫不猶豫地向走近的婦人攀談：

「請問是市島女士嗎？關於楓園的事，方便請教一下嗎？」

停下腳踏車的婦人瞬間露出詫異的神色，但也不是強硬拒絕的態度。年紀應該已經六十五有了，但仍丰姿猶存，能想像年輕的時候肯定是個大美女，但池田第一次發現，那猶存的丰姿有時反而更讓人顯老。

「你是記者嗎？」

婦人打量池田。池田立刻遞上名片，婦人接過去，展露笑容說：「啊，你們家的雜誌現在在連載東江健一的小說對吧？那小說很有意思。信長[4]的題材果然有趣。」
「原來您會看我們家雜誌？」池田也露出微笑。「其實那部連載是我負責的。」
「咦，這樣嗎？去向作家收取原稿，感覺是很棒的工作呢。」
「不過現在有時候不是直接去收，而是透過電子郵件。」
「是嗎？總覺得這樣就少了一份味道了。」
「您的稱讚我會轉達東江老師。老師一定會很開心。」
婦人將腳踏車停到車庫裡面，池田繼續提問：
「請問，警方有聯絡新進展嗎？」
婦人鎖上腳踏車，表情明顯沉了下來：「是有啦。」
「我聽說警方正朝工作人員的醫療疏失和呼吸器故障這兩方面偵查。」
對警方偵查抱有疑慮的被害者家屬，有時會輕易向池田這些媒體吐露內情。
「意思就是毫無進展嘛。這怎麼說得過去？呼吸器沒故障，工作人員也沒有犯錯，可是

4 譯注：指日本戰國武將織田信長。

我爸的呼吸卻停了。」
「請節哀順變。」
「我們已經準備提告了。不是告楓園，就是告P公司。不過兩邊都是大公司。」
她的語氣雖然在談論親近的人的死，更像在陳述商業展望。
「……啊，你願意的話，要不要進來玄關？我也想把東西拿進去。」
腳踏車置物籃裡有塞滿了食材的購物袋。池田替她拎起那只沉重的購物袋，跟著她進入玄關。
雖然是老房子，但室內的白牆和大理石玄關應該重新裝潢過。鞋櫃上裝飾著像是伊萬里燒的大瓷盤。
她大概將買的東西提進去了廚房，隨後折回來自顧自地說了起來。據她的說法，事發當天家人在早上六點多接到楓園通知，在七點左右抵達楓園時，民男已經過世，醫師說明是病情突然惡化，緊接著卻聽到值班員工談論呼吸器的警報沒響。
「應該是有預感吧。前一天我媽難得突然說想去看我爸。」
她說今年九十四歲的市島民男的妻子身體還很健朗，事發前一天要女兒叫計程車，獨自一個人去楓園探望了老伴。

池田不經意地窺看走廊深處。然而，屋內沒有任何人的動靜。

第二章　湖畔的欲望

儘管是平日，館內卻擠滿了來買剛出爐的年輪蛋糕的客人。一樓賣場的長龍有增無減，目前好像得排上一小時才買得到。

二樓附設的咖啡廳裡，佳代在剛出爐的年輪蛋糕塗上鮮奶油，聆聽著高中閨蜜真麻的話。真麻口中數落著老公，同時叉起年輪蛋糕送進兩歲兒子嘴裡，那精湛的動作讓她佩服不已。

每次見面都一定會埋怨老公的真麻說完後，一臉神清氣爽，一如往常地問：「那妳呢？最近有沒有什麼特別的事？」

「沒有啊。」

佳代也一如往常地回答，接著才想到：對了，我本來想跟真麻說那個刑警的事的。當然，她不是為了說這件事才答應真麻的邀約，只是真麻找她時，她順理成章地以為見了面應該就會聊到。然而當機會真正到來，她卻質疑起自己要說那個刑警的什麼？且這值得特地告訴真麻嗎？

「怎麼了？妳跟國枝怎麼了嗎？」

也許是注意到佳代古怪的沉默，真麻探頭看她的臉。

「沒有啊。」

「你們常見面吧？」

「嗯，有啊。等下也要去找他。」

「是喔。」

明明是自己問起的，但真麻從以前就不喜歡國枝這個人，臉上毫無笑容。第一次將國枝介紹給真麻時，真麻是這麼說的：「佳代妳覺得好的話就好，可是他根本就不關心妳嘛。」真麻說，她這話不是基於印象，事實上，三人一起吃飯的時候，國枝連一次都沒有看佳代。

國枝重成是楓園的班長服部介紹給佳代的。有一次佳代被邀請參加湖邊烤肉會，她覺得偶爾也該社交一下，便去參加，當時國枝也在場上。國枝比佳代大五歲，在服部那群一看就是戶外咖、熱鬧健談的朋友當中，他顯得有些神經質、不苟言笑，但得知人家是國中數學老師，倒也覺得難怪。後來佳代從服部那裡聽到，他們本來就有意想將單身的佳代和國枝湊成對，而且準備餐點和採買等等，兩人也有許多機會獨處，結果隔週國枝透過服部，向佳代提出類似約會的邀約。

祖母壽子才剛過世不久，佳代心想若是能散散心也好，便答應了國枝的邀約。

佳代將買來的年輪蛋糕在系統廚房的小空間裡對切成兩半，問客廳的國枝：「要不要我拿過去那邊？」

那邊指的是建在同一塊地的國枝家。

整個人陷在沙發裡、正在看預錄的足球賽的國枝懶散地應道：「不用，晚點我再拿去。」

「可是，上次我也沒打招呼就回去了。」

「不用啦，看到妳的車在停車場就知道了。」

「可是不打招呼實在過意不去……」

「就說不用了，妳有完沒完啊？」

國枝調高電視音量。似乎是歐洲的比賽，那雷動的歡呼聲讓佳代忍不住全身瑟縮。

國枝住在他的父母在自家土地興建的公寓一室，停車場對面就是他宏偉的老家。

佳代將他們自己要吃的年輪蛋糕分切到盤子上，國枝問：「妳今天會留到幾點？」應該還有更婉轉的說法，但本人卻不以為意。

「明天要上早班，我打算八點回去，怎麼了嗎？」

「沒事，知道妳要幾點回去，接下來比較好安排。」

佳代將年輪蛋糕和紅茶端到客廳桌上。目光片刻未曾從比賽移開的國枝大口吃起蛋糕來。雖然不是學好姊妹真麻的說法，但佳代也從來沒有感覺到國枝的目光停留在她身上。然而煩的是，她並不為此感到難過，交往一陣子後，佳代提出要分手，當時國枝一本正經地問：「為什麼？」

「因為……你根本不喜歡我吧？」

佳代並不是在耍任性，想要對方說喜歡，而是單純地這麼感覺。結果國枝又問：「為什麼？」為什麼妳覺得我不喜歡妳？

就算國枝這麼問，佳代也找不到答案。

國枝一臉怔愣。那態度甚至讓人懷疑起男女交往，是不是根本不需要那種感情？有了佳代這個女友以後，國枝住隔壁的父母就不再拿這件事來煩他，似乎讓他輕鬆不少。甚至就連佳代，有男朋友這個事實在各種意義上都讓她在職場或朋友往來中感到輕鬆。

結果這天佳代代七點半就離開國枝的公寓了。駕駛著前些日子的追撞事故後修理好的車，剛開上夜間道路，佳代便想：「啊，結果我兩邊都沒說。」在職場被警察偵訊的事、在下大雨那天撞上了那名刑警的車的事。她原本打算兩件事都告訴真麻，也沒必要瞞著國枝。

那天在大雨籠罩的車內等待拖吊車的期間，佳代幾乎毫無記憶。「要等業者回電，可能還要一陣子」、「雨勢太大不確定能不能立刻調到拖車」，每當顯然不高興的刑警開口，如果是平常的佳代，一定會反射性地道歉說對不起，然而不知為何，當時喉嚨卻渴到發痛，連像樣的聲音都發不出來。

由於說什麼佳代都不應聲，刑警肯定暴躁不堪，即使如此，佳代依舊一聲不吭。不是感到緊張這種單純的感覺，也不是撞到別人車子的歉疚，當然也不是對刑警一見鍾情的春情。

若真要形容，就像溼淋淋的自己遭人剝個精光，被迫坐在那裡的羞恥。

在護理站桌上用完稍晚的午飯後，佳代去盥洗室刷牙，一樣正在刷牙的班長服部出聲說：「佳代，妳午休還有時間吧？要不要幫妳灸一下？」

「真的嗎？這兩、三天肩膀真的僵硬到不行。」

佳代坦然開心接受。

服部原本是針灸師，從以前就會利用工作空檔，幫佳代等同事針灸或艾灸。

兩人刷完牙後，前往平時的休息室。一樓走廊盡頭左轉之後，有一小塊休息空間，就像走廊在半路截斷，不上不下，景觀也不好，因此住民都不喜歡這裡，但對於佳代這些工作人員來說，是個愜意的休息場所。

服部像平常那樣，以熟練的手技按摩佳代的肩膀後，粗魯地拉開制服POLO衫，露出肩口。

佳代也已經習慣了，換了個輕鬆的姿勢坐在長椅上。

服部用的灸，不是外行人也能輕鬆使用的有貼布的那種，而是傳統叫做「御切艾」的灸，將裁成米粒大小的艾草放在穴位點火，撐到無法忍耐熱度的時候再搓掉。當然，和簡便的灸相比，有燙傷的危險，但是對於疲倦和肌肉僵硬，效果非凡。

「佳代，妳這裡好硬喔。」

點上幾顆米粒大的灸之後，服部用力按壓佳代的右側頸脖。

「最近都沒時間去按摩，所以我都在泡澡的時候揉一揉。」

「這妳自己沒辦法啦。」

服部說著，又點上艾草，用線香點火的時候，佳代忽然感覺有人注視，抬頭一看，那個叫濱中的刑警不知為何拿著便當站在那裡。

「不好意思。」

刑警似乎也嚇了一跳，立刻轉身要走。

「啊，便當的話，請在這邊吃吧。」服部喊住對方，問：「諮詢室今天有人來參觀，所以不能用對吧？」

佳代知道刑警今天從上午就關在諮詢室，對一班的工作人員問話。也聽到她們的埋怨：「同樣的問題一直問，真是有夠討厭的。」

「那，我就不客氣了。」

刑警在對面長椅坐下，吃起幕之內便當來。

逐漸燙起來的艾灸使得佳代面露痛苦。注意到的服部用指頭彈掉艾灸，但她早已渾身大汗，丟人極了。

「啊，對了，灸的氣味會讓人沒食欲呢。」

服部關心地說，但刑警面無表情地喃喃道：「不會。」

三天前，佳代從保險公司承辦人那裡接到聯絡，說程序走完了。刑警的車子的修理費以及代車費用，全額由網路投保的特例條項涵蓋，接下來就是刑警就醫的治療費，而刑警表示身體沒有異狀，因此這部分也已經解決了。

隔天，佳代拜託承辦人告訴她刑警的聯絡方式。基於個資保護，程序有些複雜，但刑警好像回覆承辦人可以轉達他的電話，因此佳代立刻打了電話過去，雖然對話簡短，但總算能為了這次的車禍，直接向刑警道歉。

吃著便當的刑警完全不看佳代。

佳代立下決心，開口：「上次真是不好意思。」

刑警稍微抬頭，簡短地應道：「不會，已經沒事了。」

兩人的對話讓服部霧裡看花，是刑警先開口：「之前有點事……」

佳代也補充：「嗯，有點事……」

服部似乎誤會是之前的偵訊出過什麼事，插口說「我也是第一次被警察偵訊嘛」。

「那個有用嗎？」

這時刑警忽然改變話題。

「你說艾灸嗎？」

服部反問，刑警稀罕地伸手拿起「御切艾」的盒子。

「不知道是不是肩膀痠痛的緣故，我頭痛很嚴重。太嚴重的時候都會吃止痛藥。」

刑警說著，將吃完的便當塞進塑膠袋裡，喝完瓶裝茶後，筆直地看向佳代：「……果然很燙嗎？」

佳代慌忙掩住剛才接受艾灸的肩口。

「吃止痛藥不太好呢，愈吃愈沒效，也會把胃搞壞。」

在一旁回答的服部毫不遲疑地走到刑警旁邊，說著「方便看一下嗎？我以前是針灸師」，也不待同意便揉起刑警的肩膀。刑警也沒有抗拒的樣子，任由服部揉搓。

「……真的，硬邦邦的。這裡只是稍微按一下就很痛吧？」

也許實際真的很痛，刑警沒有應話，表情顯得十分痛苦。

「……在這裡艾炙一下，就會輕鬆很多，不過刑警先生應該沒時間吧？」

聽到服部這麼說，刑警似乎也對艾炙感興趣，說著「時間是沒關係啦……」但還是看了一下錶。

「那我幫你炙一下。大概五分鐘十分鐘就好了。」

服部正要動手，忽然停下動作：「……對了，佳代這邊得先收尾。」又回到這邊的長椅。

佳代慌忙婉拒說：「我下次再弄就好了。」「一個個炙下來，卻沒有收尾，我個人會介意啦。」服部容不得她拒絕，又拉開她的POLO衫衣領。

刑警表情文風不動，盯著佳代這副模樣。

「像佳代這種已經習慣的，就用這麼小的炙。小的還是比較有效。不過刑警先生看來是第一次艾炙，我用大一點的幫你炙。大的因為大，生效比較慢。不過若真的想治好，還是定期去給人炙一下最好。」

佳代已經任由服部擺布，安分地低著頭。服部的指頭按在皮膚上，找到患部，放上艾炙點火。雖然不知道刑警在看自己的哪裡，但感覺得到他的視線。

「燙嗎？」

刑警這麼問，佳代額頭又狂冒汗，丟人極了。

「是很燙，可是一下就過去了。」服部回答刑警。「……好了，結束。」她立刻將佳代肩上燃盡的艾炙彈掉。

服部走到另一張長椅，著手替刑警艾炙。刑警解開短袖襯衫胸口的釦子，露出肩膀。不知道是不是燙傷的痕跡，肩上有小水泡。服部將艾炙放到他的肩上，以線香點燃。

佳代倏忽回神，想要站起來，刑警目不轉睛地盯著她。也許是已經感覺到燙了，那張臉痛苦猙獰著。

○

湖畔縣道上的連鎖烏龍麵店，中午時段人擠人。吧臺座上，一字排開全是卡車司機和附近工廠的工人，使得原本就狹窄的椅子間隔更顯侷促。若是窗外可以望見湖景就好了，但偏偏馬路對面擋著一幢化成了廢墟的倒閉婚宴會館。

圭介蜷著背吸啜烏龍麵，在一旁大嚼炸蝦天婦羅的前輩伊佐美在吧臺下踹他的腳：「不要吃得那麼大聲。」

「抱歉。」

圭介將臉從碗公移開。

「你老婆都沒糾正你嗎？」

注意到兩人對話的鄰座男子假裝拿七味粉，稍微遠離圭介。伊佐美吃起烏龍麵，旁邊的圭介這回也安靜地吃起麵來。

「因為對方是女人就禮貌問話，也破不了案子啊。」伊佐美低聲抱怨。

楓園命案的偵查觸礁了。簡潔地說，機構的員工全都異口同聲說是呼吸器故障。但製造商的P公司卻堅稱機器完全沒有故障的跡象。

有一邊撒了謊，有一邊說的是實話。

但有時圭介卻不知怎地，覺得兩邊都在撒謊。不，當然不可能有這種事。沒有真相，就沒有謊言，反之亦然。

「你要更鐵血無情一點。」

伊佐美以壓抑煩躁般的力道，用手肘狠撞圭介的側腹部。圭介咬牙忍住。

離開店裡，正走向停車場的車，華子打電話來了。

「不好意思，內人打來的。」

雖然不是可以接聽私人電話的氛圍，但伊佐美似乎也沒法叫他不准接聽即將臨盆的妻子的來電，自己先進了副駕駛座。

「喂？」圭介匆匆接聽。

「啊，對不起，我本來想留言……」

「怎麼了？」

「喔，就是，我想你應該沒辦法，不過家裡今晚大家要一起吃手卷，若你早點回來，要不要一起來吃？」

即將生產的華子現在住在娘家。

「沒辦法。」

圭介簡短回答。

掛斷電話，坐上駕駛座，他道歉：「不好意思。」

「好了嗎？」

伊佐美將牙籤扔出窗外，圭介回應：「是的。」

當晚圭介不到晚上八點就回家了，如果要去，應該趕得上華子娘家舉辦的手卷壽司會。他打開陰暗的自家公寓電燈，丟在餐桌上的，是回程路上在超商買的南蠻炸雞便當。

先沖了個灼熱的澡，洗去汗水。

圭介粗魯地搓洗頭髮，用粗硬的海綿擦抹身體，腦中浮現的是剛才偵訊室的情景。「你問那什麼爛問題！這樣人家松本女士怎麼答得出來！」怒吼的伊佐美推搡圭介的肩膀，一腳踹起桌子遷怒。

被這些聲響嚇得縮成一團的，是案發當晚值班的照服員松本郁子，她的手不尋常地劇烈顫抖。

「喏，好好再重問一次！」

伊佐美用厚重的筆記本敲打圭介的頭。松本身體又哆嗦了一下，縮得更緊了。

「松本女士，我再請教一次，妳是不是有聽到警報聲？」

聽到圭介的問題，松本低著頭搖頭。

「可是在小睡室睡覺的護理師說了類似的話。」

「什麼類似的話？」

松本聲音顫抖地反問。

「我剛才不是說了嗎？」

「有人說聽到警報聲嗎？」

「咦？松本女士也聽說了嗎？誰說的？」

「咦？」

「妳不是說了嗎？有人說聽到警報聲。」

「……沒、沒有，我沒有這樣說。我也沒有聽到警報聲。」

對機構員工的偵訊日趨嚴厲，因為要推翻另一邊P公司的證詞，難如登天。P公司還有專屬律師，而且他們提出的該呼吸器並未故障的論證，圭介這樣的外行人不用說，連警方找來的專家看起來都無從推翻。

「不是都說大客機不可能四組引擎同時故障嗎？若這次真的是這臺呼吸器故障，那麼這種連續故障的機率，就和大客機四組引擎同時壞掉一樣，簡直微乎其微啊。」專家說。而這個機率似乎是十億分之一。

簡而言之，機器並未故障。那麼，有問題的就是人了。必須是機構員工犯下了某些疏失才行。

走出浴室，從冰箱裡拿出麥茶時，圭介注意到雨聲。他腰上圍著浴巾，打開落地窗，潮溼的夜晚空氣罩上依舊潮溼的皮膚。

圭介讓落地窗開著，吃著用微波爐加熱的南蠻炸雞便當。他故意大聲咀嚼。用飯期間，不知為何一直想著那女人。在傾盆大雨中，站在追撞車輛旁邊淋得像落湯雞的那張臉、被艾炙燙得糾成一團的臉，在腦中浮現又消失。將吃完的便當丟進垃圾桶後，隨即抓起了車鑰匙。圭介抓著車鑰匙，苦笑：「我怎麼可能去？」儘管苦笑，他卻趿上拖鞋，走出玄關。

上車發動引擎的時候，圭介以為自己是要去超商。只是，浮現在腦中的，卻是車禍之後，為了慎重起見而詢問的女子住處，那一帶美麗的川端景色。

圭介開著車，打算去超商。他想買威化餅和明天早餐吃的三明治。然而車子卻輕易開過了超商。

「真的要去？」圭介在內心笑自己。

女子的臉再次浮現。她那直盯著在艾炙的圭介，一對上眼卻立刻逃之夭夭地起身離去的身影。

從單線道視野良好的外環道路往琵琶湖右彎，路燈一下子減少了許多。女子生活的那一帶，街景醜怪。雖然保留了自古以來的田間小路，卻又有粗暴擴張的街道筆直延伸。

經過漆黑的國中操場旁邊，進入聚落。雖然不熟悉這一帶，因還在轄內，也不至於完全陌生。筆直延伸的水路反射著月光。圭介慢速前進。盡頭處有家叫臨濟寺的小寺院，土地內建著公民館。圭介把車停在公民館前。一熄掉引擎，水路的水聲和盛大的蛙鳴便響了起來。不知不覺間雨停了。

女人的家就在眼前。漆黑的天色中看不見門牌，但水路上的短橋另一頭，停著那輛白色小轎車。

圭介下了車。儘管不是大力甩門，車門關上的聲音卻在安靜的聚落迴響。聚落人家還亮著燈火，但沒有人的氣息。只有水路的水潺潺流動著。

女子的家，只有二樓某個房間亮著燈。螢光燈的白色燈光配上粉紅色花俏的窗簾，顯得刺眼。

圭介撿起腳邊的小石頭。

那不一定就是那女人的房間。儘管理智清楚，但他更強烈地感覺那就是女人的房間。

圭介扔出石頭。

力道收得太小，石頭沒打到窗玻璃，掉在稍前方的屋頂上。但還是發出了「叩」的一聲。

圭介再撿起另一顆小石頭。這回不客氣地扔過去，敲到了窗玻璃。圭介躲到電線桿後面。然而不管怎麼等，窗子裡都沒有動靜。

圭介撿起第三顆小石頭時，窗邊出現女人的身影。因為太突然了，他來不及躲到電線桿後。

太暗了，看不到女人的臉，但她一定正目不轉睛地俯視著這裡。對方應該能一清二楚地看到被電線桿路燈照亮的圭介。圭介將已經撿起來的第三顆小石頭擲向女子。

小石頭畫出漂亮的弧線，打在窗玻璃上，發出喀啦啦刺耳的聲音滾下屋頂。

這段期間，玻璃窗內的女子一動也不動。

女子的影子從窗邊消失，一樓隨即亮起燈來。接著又一段時間沒有動靜。一隻獨眼野貓窺看著圭介，走過水路上的短橋。

這時，玄關的室外燈亮了。霧面玻璃的玄關門內，出現女子的影子。感覺就好像剛才的貓變成了女子。女子從緩慢打開的玄關門內，微微探出頭來。

圭介一動不動。

兩人之間，水路的水潺潺作聲。映照著路燈的水面，青翠的水草搖曳著。

女子走了出來。她顯得驚惶失措，趿在赤腳上的女用拖鞋，看起來就像童鞋般小巧。

圭介緊盯著女子。

女子抬頭，眉毛微微一動，就像在提心吊膽地問：「什麼事？」

雙方就這樣對望了多久？

「……說啊。」圭介開口。

「咦？」

「說啊。說妳想見我。」

他沒有想過這話。是自然脫口而出的。女子的表情還是一樣。只有水路裡的水聲變得更響亮。

「……說啊。」圭介再說了一次。口氣比剛才更差了。

女子明知道對方說了什麼，卻似乎裝作不明白。相反地，圭介明明不知道自己在說什麼，卻假裝明白。

圭介想要經過水路上的短橋，女子後退。但圭介還是過了橋。來到女子身前，嗅到了肥皂香。

「請不要這樣……」女子小聲說。

圭介不理會，觸摸女子的嘴唇。與其說是觸摸，更像用拇指指腹按住嘴唇。

女子想逃，圭介用另一手抓住她的頸脖。

「說啊。」

「說、什麼……？」

圭介的拇指底下，女子的嘴唇蠕動。被壓扁的嘴唇顯得猥褻。

無意間，一邊拖鞋掉了。女子單腳赤足站著。又聞到肥皂香了。

「說妳想見我。」

圭介咬牙切齒地說。女子想要開口說什麼。

就在這時，圭介口袋裡的手機響了。那鈴聲大到讓人無法忽視。來電顯示是岳母的名字。身體滾滾沸騰，腦袋卻無比冷靜。華子出了什麼事。圭介在女子面前接了電話。

「圭介？不好意思，吵到你工作了？」

「不會。」

「小華突然陣痛，現在她爸開車送她去醫院……圭介，你沒辦法趕去吧？你在工作嘛。也不到緊急……」

圭介看著女子，聽著也不怎麼驚慌的岳母的說話聲。女子在眼前蹲下，撿起脫落的拖鞋。

「我馬上過去。」圭介俯視著女人說。

「真的嗎？那小華一定會很安心。她是說沒關係啦……喏，小華，妳要跟圭介講話嗎？不用嗎？……不好意思，圭介，小華說不用跟你講電話。」

只有岳母匆忙的聲音作響著。

眼前的女子不知為何沒有穿上拖鞋，拎在手上進入屋內。踩在被雨打溼的地面上的赤腳，顯得格外白皙。

圭介目送著女子的背影，聽著岳母的電話。

「……那我們在醫院等你。」

通話結束，同時女子鎖上了門。

○

憋著哈欠走進編輯部的池田立哉隨口招呼著「早安」，他忽然在意起來，回望走廊。果然感覺比平常更暗。這是創業百年的老字號出版社已然老朽的建築物，無可奈何，就在不久前舊館的樓梯還出借拍攝恐怖電影，當時為了營造氣氛，導演指示「維持平常的樣子就好」，傳為笑談。

抵達辦公桌，正準備吃三明治檢查郵件，背後的電視機傳來人聲。轉頭一看，多天未公開露面的執政黨女議員久違地出現在電視機鏡頭前。

這名執政黨女議員在某雜誌的對談上，將不生育的ＬＧＢＴ人士稱為「沒有生產力的人」。這番歧視性言論引發了輿論憤慨，然而，隨著抗議聲浪愈大，也出現更多支持她的歧視性發言的聲音。

池田用面紙擦拭沾到美乃滋的手指，用粗麥克筆在手邊的便條寫下「沒有生產力的人」。實際動手寫下來，有時就能清楚地看出一個詞彙的真面目。這是他剛進這家出版社時，帶他的前輩教他的。

他盯著這幾個字半晌，腦中浮現出某些朦朧的影像。不過那看起來像活人也像死人，更仔細地觀察，也像是被囚禁在某處的人。

「藥害那邊怎麼樣了？有進展嗎？」

忽然有人出聲，池田抬起頭來。藥害題目的組長小林杏奈站在旁邊，以手上的校樣拍打著桌子。

「不，已經撞牆了。」池田老實回答。

站在雜誌的角度，想要挑在宮森勳就任下屆日本醫師協會會長的時機揭發他過去的醜聞。所謂醜聞，當然是現「阿拉莫斯」、前「ＭＭＯ」這家藥廠在九〇年代引發的藥害事件。

「……因為和解已經成立了，前被害人也都三緘其口。」池田嘆氣說。

「不過那起案子那樣震驚社會，結構又那麼清楚，最後卻沒有被起訴，從某個意義來說，裡頭肯定有什麼鬼。」小林又用手上的校樣敲桌子。

「到底是哪來的線報呢？」

「不曉得。要是知道就簡單了。總之，想想宮森即將就任，拿來當成報導推出的時機相當不錯。你可以先去問問這個人嗎？或許能問到當時的狀況。」

遞過來的便條紙上寫著「河井勇人　西湖署退休刑警」，附上手機號碼。

小林已經走掉了。

池田的手機裡，小林的聯絡人資料顯示是「小林杏仁」。當時他正要輸入杏奈，但輸進「杏」的時候跑出候選詞「杏仁」，不小心就按確定了。當然也可以立刻訂正，但搭乘的計程車剛好抵達目的地，結果進公司後三年來，就這樣一直沒變。

他立刻就要撥打便條上的號碼，結果這回換渡邊總編出聲：「西湖署？」回頭一看，渡邊不知何時站在他背後。

「……西湖署？是那起藥害事件的轄區署嗎？」

「是。」

「你又要去滋賀了嗎？」

「應該會去吧。」

正準備離去的渡邊忽然停步，「啊，對了，之前的醫療疏失還是呼吸器故障的案子，要再追看看嗎？」問得就像在自言自語。

「可是目前沒有特別的進展，而且不管結果如何，死因都不怎麼聳動，所以先前不是說要作廢嗎？」

池田這麼回答，渡邊也很快就罷休了：「說的也是。」

「再追一下也是可以。反正都在琵琶湖附近。」

渡邊的背影已經走到檔案櫃另一邊去了，也不曉得有沒有聽到池田的話。

西湖署的退休警察指定的地點，是據說在這一帶發展連鎖店的近江強棒麵郊外店。

一走進店裡，便聞到令人垂涎欲滴的海鮮高湯香氣，不過池田從京都開著租車來到這裡的路上，才剛在一樣是連鎖店的烏龍麵店吃了大碗咖哩烏龍麵，所以引不起食欲。

池田環顧店內，在能看到寬闊停車場的窗邊座位吃近江強棒麵的男子朝他使眼色。男子散發出老練刑警的氣質，就如同池田過去交手過的許多退休刑警。池田來到他前面，對方一邊吃麵，一邊以銳利的眼神瞪過來。

池田自我介紹後坐下。為了不引人注目，他向來點菜的店員點了一樣的強棒麵。

「不只是人，有時候組織這玩意兒，也會飽受心理創傷折磨。人還能上醫院，卻沒有醫院可以治療整個組織。」

店員一離桌，河井便忽然有感而發。池田不解其意，發出錯愕的一聲：「咦？」

「因為是關照過我的人介紹，所以當時的事，我會知無不言，不過也不是什麼罕見的事。是每個地方都有，稀鬆平常的事啊。」

河井從堆積如山的蔬菜中用筷子夾出粗麵條，豪邁地吸進口中。感覺還很燙的湯汁濺在擦得十分乾淨的桌上。

河井接著述說的內容，就如同他本人所說，是彷彿在哪裡聽過、不怎麼稀罕的情節，卻讓聆聽的池田感受了超乎想像的沉痛。

當時西湖署身為轄區警署，傾全署之力拚命偵查。那是一肩扛起藥害被害人的義憤所進行的正義偵查行動，實際上也掌握了足以起訴藥廠ＭＭＯ及宮森勳醫師的事證。然而卻突然遭受到來難以抵擋的強大壓力，偵查受到阻礙。

施壓的是與MMO過從甚密的政治人物西木田一郎。當然，這個名字沒有出現在檯面上，現在繼承了西木田一郎地盤是他的長男西木田孝臣，在執政黨內也具有龐大的影響力。

「當時我也還是個熱血漢子。雖然負責的部門不同，當時署內的狀況，我記得一清二楚。不，我想忘也忘不了……確定無法成案的當下，負責那起藥害事件的刑警全都嚎啕大哭。他們一定太不甘心了。都幾歲的大男人了，居然不顧他人眼光，就那樣放聲大哭。」

不知為何，池田宛如也清楚地聽見了據說不顧他人眼光的男人們的哭泣聲。

手邊的強棒麵涼掉了。河井一口氣喝光不知道第幾杯的水。

「……進警界的人，沒有一個是想要作奸犯科的。而是相反。只有滿腔正義感、絕不放過非法惡行的人，才會跑來當警察。」

從河井口中噴出來的唾沫掉進只剩下湯汁的碗公裡。

「……然而有人一把捏碎了這樣的正義感……那起事件以後，我們署的氛圍整個變了。我剛才不是說，不只是人，組織也是有心理創傷的？已經藥石罔效了。就跟人一樣。無力回天了。有時候人會因為心理創傷而犯罪，不是嗎？就跟那一樣，有時候組織也會犯下罪愆。」

也許是自己也察覺過度激動了，河井忽然嘆了一口氣。

「……而且我得先說，那麼久以前的事了，事到如今再挖出來，也是白費工夫。一度遭到抹滅的事，絕對不可能再次重見天日。」

河井說到這裡，想要折斷免洗筷，但可能是沒握好位置，怎麼也折不斷。

霎時，池田懷疑提供編輯部線報的會不會就是河井？不，就算不是河井，會不會是西湖署的相關人士？

○

遠方傳來低吼聲，下一秒響起了呼叫支援的嗶嗶聲。

在護理站整理文件的佳代先是被那不像人聲的低吼聲嚇得縮起來，又被緊接著響起的嗶嗶聲嚇得忍不住輕聲驚呼。

「怎麼了？」

旁邊站起來的班長服部也臉色蒼白。在有許多失智病患的護理之家，鮮少有風平浪靜的日子，但似乎就連服部也直覺感受到狀況有異。野獸般的低吼聲變得更大了。

「桑原阿公！不要動！」

接著傳來熟悉的照服員的喝止聲。這時佳代和服部才跑到走廊上查看。

一個渾身是血的病患從走廊深處走了出來。一身血淋淋睡衣的男子，是二〇六號室的桑原茂雄，雖然有失智症，但日常生活不需要特別照護。相較於年齡，他體格非常魁梧，與其說是人類，看起來更像是遭到獵人追捕的大熊。

仔細一看，他用雙手摀住的右耳正血流如注。

下一秒，小個子的男照服員從背後撲向桑原，架住了他。桑原口中再次傳出實在不像人類的咆哮，想要甩開男照服員。這時服部和其他員工趕過去，眾人拚命壓制桑原的手腳。

「他想用剪刀剪掉自己的耳朵！」

臉上沾到血污的員工喊道。

「桑原阿公，冷靜一點！你冷靜下來！」

服部大聲安撫，但桑原反抗得更凶了。這時佳代才發現自己不知不覺間抱住了他的右腳。她以為自己站在遠處觀看，實際上卻是拚命抱住桑原的腳。

遭到聽聞騷動趕來的其他男員工和醫師聯手壓制，桑原也氣喘如牛。男人們合力將桑原拖走，像運走打死的熊似的。

佳代虛脫地在走廊蹲下來。旁邊一樣氣喘吁吁的服部上氣不接下氣地指示：「去通知其他人冷靜下來，告訴大家沒事了。」

最近護理之家瀰漫著劍拔弩張的氣氛。

當然，原因是市島民男的猝死，機構的代表號不停地接到抗議電話，要求公布真相，來自住民家屬的壓力也與日俱增。宛如象徵著外部的這些焦躁，警方的偵訊也日趨嚴厲。尤其是負責市島民男的一班人員，每個人都看得出他們一天比一天疲憊。

這樣的疲憊，不只是機構裡的工作人員，當然也影響了住民們。最近住民間經常出現爭吵和衝突，是以前幾乎沒有的情形，在各班之間成為問題。

負責市島的一班人員，連日被叫去警察署，偵訊個三小時，有些日子甚至長達五小時，一名護理師終於過勞病倒，院方也不得不採取行動，前些日子總算向警方提出抗議。

護理師們從頭到尾沒有改變證詞，聲稱完全沒聽到警報聲，結果現在偵訊的矛頭指向了當時值班的兩名照服員——本間佐知子和松本郁子。

原本照服員是不從事醫療行為的。況且發現市島民男有異狀的凌晨五點，已經有許多住民醒來，案發當天早上，兩名照服員也為了處理有夜尿症的住民等等，應該像平常一樣已經離開護理站，巡視各個房間，所以即使警報響了，比起在小睡室睡覺的護理師，兩人更不可能聽到。然而警方這陣子卻連日將兩名照服員抓去偵訊。

這天佳代下班回家時，遇到了其中一名照服員松本郁子。她開車離開停車場時，發現松本站在院區內的公車站，便提議開車送說要去湖畔購物中心的她。

「啊，太好了。這個時段公車都是人，絕對沒位子坐。」

副駕上的松本鬆了一口氣說。

「妳平常都開車，今天怎麼坐公車？」佳代問。

「今天車子家裡的人要用。啊，妳真是幫了我大忙。」面露喜色地坐上副駕時，和平常一樣饒舌的松本突然面色一沉，當車子駛出湖邊的縣道時，她抹起似乎奪眶而出的淚水。

「對不起啊，眼淚突然止不住……」

佳代不知道該如何安慰才好，不停地問：「松本姊？妳怎麼了？」

「對不起，抱歉抱歉，沒事啦。可是哎，我真的是累了。」

「工作太累嗎？」

「不是啦，是警察問話。」

「就像大家說的那麼嚴嗎？」

腦中瞬間浮現濱中刑警的臉，佳代立刻將其抹去。

「明天也得一大早就去警察署報到。本來我個性可是很強悍的，那種年輕刑警再怎麼嚇唬我，我也不在乎。像我那口子，口氣比他凶多了。可是那個刑警真的專講些氣死人的話吔，什麼『做的工作差不多，妳們照服員和護理師，社會地位和薪水卻是天差地遠』。還說什麼『我聽護理師她們說，她們私底下好像很瞧不起妳們，說什麼來的都是些沒用的廢物。她們真的這樣說』。我知道他都是亂講的，只是連續好幾個小時一直聽他講這種話，實在讓人很氣很不甘心。我們這樣拚命工作，憑什麼要被那樣瞧不起？仔細想想，那些住民不也一樣嗎？我說什麼他們都不聽，可只要護理師說句話，他們就乖乖吃藥。」

松本不停地說著「抱歉」，捏著手帕用力摀住似乎又湧上眼眶的淚水。

佳代緊緊地握住方向盤。總覺得不克制住，又要想起那個叫濱中的刑警的臉了。

自從那天晚上，佳代每一天的生活，就是努力避免想起他。不管是通勤路上、工作期間、採買、淋浴，在床上準備入睡時，甚至是睡夢中，只要稍一放鬆，他的臉和聲音就浮現腦海。

每當他的臉即將浮現，佳代就會立刻閉上眼睛，告訴自己那不是現實發生的事。要是想起那天晚上，絕對會惹火上身。她要自己忘記。那不是現實發生的事。

在湖畔購物中心門口下車時，松本也稍微鎮定一些了。她對默默聽她訴苦的佳代道謝，笑著說「今天晚飯只能吃現成熟食了」，走進明亮的購物中心。

剛和松本道別，佳代才忽然想起，松本在家也要照護自己的公公。

從湖畔購物中心回家的路上，佳代繞去父親正和與靜江同居的家。豐田家的墓地所在的區域最近要進行地籍調查，她要將那些資料拿給正和。靜江請她進去一起吃晚飯，但佳代還是推辭了。靜江用保鮮盒裝了關東煮請她帶回家吃。

當晚佳代用完飯，看了一下電視。看搞笑藝人的談話節目笑了一陣，又為接著播放的猜謎節目的解答佩服不已，自以為樂在其中，但忽然想到明天要上早班，急忙要去洗澡時，連剛才為什麼發笑、對什麼題目的解答感到佩服，都想不起來了。

洗完澡後，在二樓的房間抹上最近喜歡的身體油，讓火熱的身體散熱。甘甜的香氣擴散在房間，睡意漸漸上來了。

這時，窗戶「叩」地一響。

倒映在小梳妝臺鏡中的臉抽搐了一下。佳代一動也不動。

隔了相當久的時間，再次響起「叩」的一聲。

就和那天晚上一樣。那天晚上，佳代也沒什麼警覺，直接走到窗邊查看。結果那名刑警就站在路燈下。傾盆大雨中，在狹窄的車中共度的那種感覺立刻重回全身。她緊張到汗流不止，汗水和車中潮溼的空氣混合在一起。兩人的體溫將車內的窗玻璃蒸得霧白。

又是「叩」的一聲。

那天晚上，看到站在路燈下的刑警，佳代直覺地心想不要下去。不要跟他扯上關係。可是下一秒鐘，她轉念心想，刑警是來問她案子的。想到這裡，她登時鬆了口氣。那我就可以下去了。可以去見他了。

那天晚上，刑警的車子離開後，佳代全身劇烈顫抖。佳代一動不動地站在玄關，聆聽著刑警在玄關口講完電話，返回自己的車子，開車離去的動靜。聲響完全消失後，她不知為何連燈也不開，走去廚房喝了石甕裡的水。她渴得要命。耳底還殘留著刑警說「說妳想見我」的話聲。想要再喝一杯石甕的水的當下，膝蓋抖到再也支撐不住，她當場蹲下。顫動的身軀壓得老舊的地板吱呀叫。

那個刑警對我做了什麼？

試圖釐清的瞬間，她怕了起來，此後佳代刻意不去思考。

佳代再次定睛注視鏡中的自己。現在她才又想起了剛才讓自己發笑的藝人段子和猜謎解答。

窗戶又「叩」了一聲。

佳代在內心喃喃：我不會再去了。儘管內心這麼想，身體卻自行站了起來，手伸向完全拉起的窗簾。稍微挪開一點的縫間看得到外面，但路燈下不見刑警人影，柏油路投射出橘紅色的圓光。

佳代忍不住尋找刑警的身影。望向水路延伸的巷弄。這時，玻璃窗又被輕敲了一下。一掠而過的是黑色甲蟲。甲蟲沿著窗框爬了一陣，就這樣飛走了。佳代用力嚥了口唾液。

隔天佳代協助住民用完午飯，好不容易要吃自己的午飯時，楓園接到了松本郁子遭遇車禍的消息。

「佳代，聽說一班的松本遇到車禍了！」

衝進更衣室的服部焦急萬分，正在換衣服要去超商買東西的佳代完全反應不過來，整個傻掉了。服部只丟下這句話，又跑向一樓的護理站。佳代忍不住跟了上去。她想起在湖畔購物中心讓松本下車時，松本笑著說「今天晚飯只能吃現成熟食了」的那張表情。

護理站聚集了許多擔心的工作人員和住民。正在接聽某處來電的行政人員，直接將對話說出聲來讓眾人知道。

「……她是在剛離開西湖警察署的時候遇到車禍的嗎？對。啊，我知道。去車站的方向，有家庭餐廳的大十字路口對嗎？松本闖紅燈？從旁邊撞上貨櫃車？」

聽到行政人員的話，在場的人同時發出沉重的唏噓聲。佳代忍不住抓住旁邊的服部的手臂。

「……松本被送醫了吧？西湖中央？對，我知道。也聯絡她的家人了吧？那松本呢？她狀況怎麼樣？不是，我知道你們不清楚詳情，但多少還是知道一些吧？」

在場的每個人都懷著祈禱的心情看著急迫的行政人員。

「……車禍當下還有意識吧？現在在加護病房是嗎？我們也得派人過去才行。」

這時，旁邊的一名住民出聲：「啊，看。」轉頭一看，護理站對面的休閒室電視裡，當地電視臺播報了松本遭遇的車禍事故快報。眾人不約而同地走向休閒室的電視機前。畫面上是撞進大型貨櫃車全毀的松本的紅色小轎車。從那狀況來看，松本實在不可能沒事。相較於貨櫃車，松本的小轎車看起來實在太脆弱了。

電視旁白說明，松本的車子高速行駛，闖紅燈衝進了十字路口。

「明天也得一大早就去警察署報到。」

佳代想起松本昨天這麼說。她不甘心的泣訴在耳底迴響。

○

圭介探頭看著自己的孩子宛如黑珍珠的眼睛。女兒小詩躺在小熊維尼圖案的被子上，發出不成話的唔唔聲，動著柔軟的手腳。身體散發出難以形容的甜美香味。

「是爸爸喔，爸、爸……爸爸。」

筆直地看著這裡的女兒，漆黑的眼睛沒有一絲陰霾，清澄得可怕的顏色，圭介覺得是他長年來所熟悉的。

「圭介，吃過飯後，你又要回去工作了吧？」

廚房傳來岳母的話音，圭介揉著女兒精巧的指頭，應道：「對。」

出院後，華子仍住在娘家。因為圭介經常不在家。

「今晚應該會在署裡過夜。」

圭介將鼻子按在小詩頭上聞了聞味道，接著斬斷想要抱她起來的衝動，折回飯廳。

「還好嗎？」

圭介想在餐桌旁坐下來喝杯咖啡，這時從二樓下來的華子問。

「什麼東西還好？」圭介納悶。

「我也不曉得怎麼回事，Yahoo!新聞上在報。」

「哦。」圭介簡短應聲。

「你應該不太想談工作，不過網路上在說西湖署爆出醜聞。有個照服員在偵訊後的回家路上出了車禍不是嗎？網路上說是警方的偵訊太過火，那不是爸爸負責的案子吧？」

驀地傳入耳中的「爸爸」這個稱呼，讓圭介拿咖啡杯的手頓住了。自從小詩出生以後，他會自稱「爸爸」，但這是妻子華子第一次用「爸爸」稱呼他。

「欸，那不是爸爸的案子吧？」

華子再問了一次，圭介撒謊：「不是。」他覺得華子若像往常那樣問「不是圭介的案子吧？」他會說實話。

幸好松本郁子保住了一命。雖然她完全沒有減速，闖紅燈衝進十字路口，卻只有肋骨骨折，以及玻璃碎片造成的皮肉傷，這是因為撞上的貨櫃車正在等待右轉，而小轎車駕駛座剛好撞進貨架底下的空隙。

一接到消息，署內各部門立刻動了起來。對高層的說明、發新聞稿的時機等等決定之後，立刻召開記者會，由刑事部長告知記者俱樂部的記者們，當天對松本郁子的偵訊是從上午九點半到十一點，僅有一小時半，當時沒有做出任何違法的偵訊行為。

不過，有楓園的其他工作人員匿名上了傍晚的當地新聞節目，表示偵訊時警方營造出高壓氛圍，逼迫她們做出虛假的供詞，結果媒體和觀眾的批判聲浪排山倒海而來，警方決定明天早上再次於西湖署召開記者會。

原本這種情況，身為承辦刑警的圭介不可能回家，但竹脇部長不知為何交代「你們暫時會回不了家，趁今晚回家看看家人吧」，半強制地命令圭介和伊佐美回家去。

「叫我們回家看家人，簡而言之就是在警告『你們聽好了，要是不照著上頭的指示行動，你們的家人就等著一起喝西北風』，而且你才剛生了個可愛的女兒嘛。」

離開警署時，伊佐美如此自嘲。

今早對松本郁子的偵訊確實比平常更嚴厲。警方已經逐漸形成是松本單獨犯案的自白供述劇本，而且在依照這套劇本反覆誘導訊問的過程中，至少圭介都快催眠自己想要去相信這套謊言了。

松本郁子或許也已經察覺，除非承認這套謊言，否則她不可能走出這間偵訊室了。

妳對護理師和照服員的待遇天差地遠這件事，積怨已深。

沒錯，我，松本郁子，對護理之家懷有強烈的恨意。因為即使做的是一樣的工作，護理之家也不肯給我們相同的肯定。

所以妳抓住護理師同時小睡的絕佳機會。

沒錯，我，松本郁子，一直想要抒發這積年的不滿。

然後妳付諸實行了。妳故意停止市島民男的呼吸器，留在原地，每當警報或預備警報響起，就直接關掉，沒被任何人發現，完全停掉了呼吸器。

沒錯，我，松本郁子，故意停掉了呼吸器。然後試圖賴到總是將麻煩工作推給我們照服員，自己貪圖爽快，跑去小睡的護理師們。可是，錯不在我。錯在怠惰的護理師，以及不管怎麼要求改善都充耳不聞的護理之家。

這套劇本是伊佐美完成的，但大綱是承辦檢察官定出來的。畢竟P公司不承認機器故障，而護理之家的工作人員又堅稱警報沒有響。

檢察官和伊佐美認為，就是相信兩邊說的都是實話，狀況才會變得錯綜複雜。既然如此，認為兩邊都在撒謊就行了。眼前的不是兩個誠實之人，而是兩個騙子。既然如此，就懲罰其中看來比較弱小的騙子吧。

從華子娘家回到警署後，部長找圭介和伊佐美去問話。和伊佐美串供似的問答期間，圭介一直在憋尿。問話一結束，他立刻衝進廁所。壞了一支燈管的廁所陰陰暗暗。

一站到小便斗前，伊佐美也進來了。因為兩人一直膩在一起，伊佐美看到他也露出受不了的表情，但還是緊挨上來似的站到旁邊的小便斗前。

「學長辛苦了。」圭介寒暄道。

「這年頭，這國家還有人相信警方不會誘導訊問？」

伊佐美拉下拉鍊嗤笑道。

「……雖然部長他們擔心成那樣，不過依我之見，這年頭就算警方訊問態度強勢了點，民眾也只會覺得『唉，又來了』，一個星期過去，媒體和民眾就會忘得一乾二淨。之前我跟我老婆一起去看的電影，情節也是檢方捏造情節，陷人於罪，可是那些冤案，雖然一件又一件曝光，卻也是一件又一件被人遺忘，每個人都覺得『這也是沒辦法的事』吧？管它是違法偵查還是冤案都無所謂，只要有一點可疑，最好統統丟進監獄裡還比較安心。我覺得每個人內心都有這樣的想法。」

圭介離開小便斗。可是伊佐美的聲音追了上來：「喏，你也這麼覺得吧？」

「啊……是。」

「什麼『啊……是』？」

「對不起。」

「打個比方好了，」

小解完的伊佐美轉向圭介，拉上拉鍊。

「有個可能是殺人的嫌犯，和將那傢伙屈打成招的刑警，在這個時代，幾乎所有人都會支持我們刑警吧？」

圭介留在原地等伊佐美洗手。

「重點不是殺人犯，而是可能是殺人犯。只要蒙上一丁點嫌疑，那傢伙的人生就完了。雖然很教人毛骨悚然啦。可是啊，這社會也跟瘋了差不多了吧？川普居然當上美國總統，連我都忍不住要笑。」

洗手洗了老半天的伊佐美彈了彈指頭，將水花甩過來。

「……哎，簡而言之，我想要表達的就是，世界就是這個死樣子，就算我們西湖署這種小警察幹了什麼壞事，又有誰會在乎？」

伊佐美用溼答答的手按了一下圭介的肩膀，走出廁所。圭介沒什麼特別理由地留在原地，將剛洗過的手再洗了一次。

雖然現在那副痞樣，但剛問話結束的時候，伊佐美的聲音有些顫抖。儘管所幸松本郁子保住了一命，不過確實受了肋骨骨折的重傷。

今天早上的偵訊中，你們恫嚇了松本郁子嗎？

不，沒有。

今天早上的偵訊中，你們有拍桌子、踢椅子、把文件砸到牆上這類恐嚇行為嗎？

不，沒有。

偵訊中的錄影，有沒有刻意剪接過？

完全沒有。

伊佐美微顫地如此回答。當松本郁子出院以後，應該會做出完全相反的證詞。

圭介再次洗手。這次抹上了肥皂。

真相與謊言。就像檢察官和伊佐美說的，就是將兩邊的說詞都信以為真，才會動彈不得。謊言與謊言。沒錯，將兩邊都當成騙子就行了。就算教訓騙子，也完全不必感到良心的呵責。

隔天早上，連縣警本部長都親自出席的記者會上，不出所料，媒體提出了嚴厲的質問，大肆抨擊。本部課長對著麥克風說出的回答，是依據前天對圭介和伊佐美的調查，精心設計過的說詞。松本郁子不幸遭遇車禍，我們由衷慰問，但車禍當天本署署員所進行的偵訊行為，實在不可能是車禍的主因。

記者詢問偵訊的詳細內容，但縣警以偵查不公開為由迴避回答。接下來縣警準時結束記者會，記者紛紛發出怒吼。那景象透過全國電視網的新聞和相關節目播送出去。

記者會之後的三天，圭介都睡在署裡。直到第四天傍晚，才總算獲准回家一趟。

『今天晚上應該可以回去。』圭介傳訊息通知華子。

『還好嗎？』華子立刻回覆。

圭介簡短回覆：『沒事。』

圭介和伊佐美被關在署裡，名目上是保護他們免得落單遭到記者騷擾，但實際上懲罰的意味更濃，畢竟他們害得縣警本部長都得親自出席記者會，向社會大眾鞠躬道歉。而且案子鬧得全國皆知，也無法任由它懸而未決了。用盡一切手段，非要揪出凶手不可！最後還是這句老話。

圭介原本打算直接前往華子娘家，但開到湖畔的縣道時，抓著方向盤的手忽然一陣脫力，他反射性地切方向盤，開進從水門旁邊通往湖岸的小徑。

太陽已經西下，車燈照亮了湖岸的蘆葦原。他將車開到水邊，打開車窗，潮溼的湖風吹過車內。他嘆了一口氣。不知為何，突然一陣暴躁。他想用手機看個色情影片，打個手槍再回去，此時腦中浮現那個女人的臉。一想起女人的臉，他覺得這三天被軟禁在署裡的期間，也一直在想那女人。

圭介低語「喂」了一聲，自己的聲音悶在車內。接著他頭探出窗外，朝著湖面怒吼：「喂！」他也不知道是在對誰呼喊，但透過大吼傳過湖面，讓他平靜了一些。

浮現腦中的，是在這裡轉換方向的車子接下來要前往的道路景色，是前方遍布川端水路的那個聚落。但即便用小石頭丟女人家的窗戶，她也不會出來了。既然如此，就敲開玄關門，穿著鞋子踩上狹窄的階梯。他能清楚地想像這麼做的自己。那女人一定在房間裡。她嚇軟了腿坐在綠色地毯上，默默仰望著他。

然後女人絕對不會反抗。

「站起來。」

老舊的螢光燈底下，女人的肌膚嫩薄。薄到靜脈都浮出來了。

圭介在湖邊下了車。腳邊的蘆葦原在風中擺動。他幾乎毫不猶豫，用手機撥了女人的號碼。一段漫長的鈴聲，進入語音信箱。圭介掛掉電話，立刻再撥。響了五聲後，傳來和剛才不同的一道「噗滋」聲。但電話彼端沒有人聲。又一陣風拂過腳邊的蘆葦。

「喂？」圭介出聲。

女人應該聽到了，卻沒有反應。

「我在湖邊。」圭介說。

他沒有等女人回話，接下去說：「之前被妳的車追撞的地點附近。」

電話另一頭傳來某種摩擦聲。

「不准掛。」圭介說。

通話持續著。

「妳知道那邊有水門吧？我把車停在水門過去的水邊……我等妳……就這樣。」

圭介掛了電話。

湖邊距離縣道並不遠。駛離的車尾燈就像燈塔。老實說，他不認為女人會來。但他可以輕易想像在湖邊一直等到女人來的自己。

○

掛掉刑警打來的電話，明明沒事，佳代卻下去廚房。閃了幾下後亮起的螢光燈照亮石甕裡的水。她拿出在湖畔購物中心買來做醃漬物的玻璃瓶，取來蔬果。她最近喜歡上這種似乎是法國老字號品牌的玻璃瓶，正逐一購齊。

配合瓶身高度切起小黃瓜、紅蘿蔔和白蘿蔔，彷彿沒有刑警剛才打來的那通電話。

「……我把車停在水門過去的水邊……我等妳。」

他以為這種不把人放在眼裡的邀約，會有女人去找他嗎？

……白痴。

佳代放下菜刀。明天起是久違的三連休。明天她訂了琵琶湖湖畔的渡假飯店一晚，也記在廚房月曆上了。

閨蜜真麻告訴她，這家渡假飯店有附美容體驗的女士住宿方案。她有一次發現老公去大阪出差的晚上去了夜總會，向他討了住宿券做為賠罪。渡假飯店據說還有天然溫泉。明天上午將家裡打掃乾淨，下午去住飯店。她也已經將住宿一晚的化妝水等等分裝好了。

切成長條狀準備醃漬的蔬果，在砧板上意外地堆成了一座小山。佳代嘆了一口氣，將紅蘿蔔、小黃瓜和白蘿蔔依配色裝進玻璃瓶裡。佳代忽然發現，現在感到極為安心。她才剛接到一名暴力男子的來電，卻能夠平心靜氣。是色彩鮮艷的蔬果讓她安心。以前在湖畔購物中心的書店翻閱的心靈勵志書裡，有這樣一段文章：具備領導者資質的人微乎其微。絕大多數的人，都透過服從而感到安心，希望活在巨大存在的引導下，指示他們該怎麼做。

讀到的時候並不覺得有什麼。她不知道怎麼會這時候又想起來。

佳代將蔬果裝瓶後，倒入醃漬液。洗手，將瓶子放進冰箱裡。佳代跑上二樓。她不可能去找那個刑警，卻也覺得要不要去，不是她能決定的。彷彿有兩個自己同時存在。一個急著去，另一個很害怕。一個換衣服，一個想坐下去。這時，刑警的話聲忽地插了進來。他只說了兩個字：「過來。」

佳代換了衣服離開家門。坐上車子，發動引擎。

妳真的要去？那，別去了嗎？真的不去了嗎？沒事啦，人家可是不折不扣的刑警呢，有什麼好怕的？而且他不可能還在那裡。

是啊。就是說啊。

開過站前大馬路，一駛進湖邊的縣道，車流量頓時銳減。唯有在松林另一頭廣闊的夜晚湖泊靜靜地一動不動。開在前方的小卡車右轉離開縣道後，便看到遠方的水門了。一名男子坐在護欄上。佳代沒想到他居然會走出縣道來，忍不住加快了車速。車子從男子前方駛過。浮現在車頭燈中的那張臉，毫無疑問就是那名刑警。

車子很快就拐過大彎道，男子和水門從後視鏡消失了。佳代踩下煞車，將車停在路肩。心臟跳得胸口都發痛了。想要嚥下去的唾液卡在喉嚨。

路上沒有其他車輛駛來。會動的事物，就只有近旁的湖泊水面搖曳的月光。

佳代將腳從煞車上移開。車子緩緩前進，她用力旋轉方向盤。車子就這樣掉頭。速度慢得宛如步行。車頭燈前方，還看得到坐在護欄上的男子。這時，男子站了起來，也沒有朝她打信號，逕自走進水門旁邊的道路，彷彿在引導佳代的車子。

佳代只是跟上他的背影。輪胎在未鋪裝的路面大大地彈跳，每一次彈跳，被車頭燈照出來的男子黑影便往前拉伸。男子的背影就在那裡。強烈的車頭燈照著那背影，彷彿要穿破只隔著一層薄襯衫的背部。

男子的車，車頭朝這裡停在湖邊。車頭燈中，男子停下了腳步。佳代連忙踩煞車。

男子回頭，表情刺眼，佳代關掉車燈和引擎，他的身影倏地消失在黑暗中。只留下輪廓的男子，就只是站在那裡。他沒有指示佳代下車，也沒有坐上佳代的車。

佳代只是等待。等了好久。不知道是對方在吊自己胃口，還是自己在吊對方胃口，她混亂極了。愈是混亂，就愈感到愧疚。

下一秒，男子慢慢地朝他的車走去。佳代感到被拋棄的恐懼，忍不住下了車。然而一走出車外，她體認到這裡是夜晚的漆黑湖邊。有腐爛的魚腥味。蟲聲高鳴，拂動蘆葦原的風又溼又暖。

這時，男子的車頭燈亮了。就和剛才男子的襯衫一樣，這回自己的衣服被照得一片慘白，彷彿要被撕破。這時，大燈亮了起來。感覺像不耐煩，也像在訴說什麼，但又只留下沉默。

佳代承受不住這樣的緊張，逃避似的當場蹲了下去。除此之外，她別無選擇。腳下的枯葉發出清脆的聲響。唯有吹動蘆葦原的草浪聲。

被拋在光中，沒有隻字片語，就這樣過了多久？注意到車頭燈微微搖晃，佳代提心吊膽地抬頭時，泥土的涼意讓身體逐漸變冷。

車燈太亮，起初看不真切，漸漸習慣亮度後，她看出駕駛座上的刑警正看著她在自瀆。極度的羞恥讓佳代想要逃離，卻腿軟了似的動彈不得。她雙手摀住火燙的臉。

後來過了一陣，傳來車胎輾過枯枝的聲響。不需抬頭也知道車子動了起來。車子避開蹲在地上的佳代，徐徐前進。車速徐緩，宛如猛獸避開吃乾抹淨的獵物屍骸離去一般。

在刑警的車開出縣道之前，佳代甚至無法抬頭。一個人被拋下以後，黑暗的湖邊蘆葦原風景可怕得令人哆嗦。

第三章　YouTube的短片

從高樓飯店的窗戶，可以將琵琶湖盡收眼底。客房裡彌漫著剛沖好的紅茶香。雖然只住一晚，但明天中午前在飯店的這段時光，對佳代來說宛如永恆。

為了今天，佳代特意買了心愛的茶葉，還帶了適合這茶葉的皇家哥本哈根瓷杯過來。雖然就只是一只茶杯，但不是用飯店裡的，而是自己心愛的茶杯，光是這樣就讓人心滿意足。

佳代將湖景烙印在眼中後，慢慢地在擱了一支玫瑰花的床鋪躺下來。

一躺下來，剛才在美容室舒適按摩的感覺便重回全身，包裹著厚實浴衣的身體陷入柔軟的床鋪裡。

閉上眼睛，感覺這張床就像是倒映出藍天的湖面，沉入其中的身體，化成了倒映其上的白雲。

今天入住這家飯店以後，佳代就決定什麼都不想。只要稍一鬆懈，種種情景和思緒便紛至沓來，但她硬是將它們壓下去，全心全意將自己交付給溫柔的按摩和甜蜜的身體油芳香。

集中感覺，就連撫過手臂和腳的清潔床單觸感，都如香氛般沁入體內。在佳代的想像中，清潔的床單無邊無際地向外擴張。佳代抓起床單，拉向自己的身體。不管再怎麼拉，床單都像湖面的漣漪一般，無邊無際地擴散開去。

倒映著白雲的湖面驀地化成了蘆葦原。沉陷的床鋪觸感，變成了被夜露沾溼的落葉。閉上眼睛，眼底感覺到車頭燈的灼熱。

你到底想怎麼樣？

佳代對著在駕駛座自瀆的刑警發出昨晚未能說出口的問題。

你說話啊。

我鼓起勇氣過來這裡，你卻……

一句話就好，你說話啊……什麼都好，什麼都可以，你說句話啊。

只要你開口……我什麼都肯做。我會在這裡……為你做任何事……

懇求愈來愈高亢。明明是自己的聲音，那濡溼的音色，卻是佳代聞所未聞。

她是真心在懇求，聽起來卻像在撒謊。明明是在撒謊，卻覺得就是自己的真心。平躺在床上，從十樓的窗戶只能看見天空。天空徐徐染上了殷紅。

佳代抱著大枕頭轉身趴下，腦中想著隱沒在暗處而看不見的刑警的臉，右手伸進浴袍裡。想像中，車門打開，刑警走下車來。慢慢放下的皮鞋踩過枯草。佳代忍不住將目光從那雙鋥亮得可恨的皮鞋轉開。

刑警的影子伸至低頭的佳代前方。就連影子，佳代都害怕它觸碰到自己的身體。

「妳要我說什麼？」

刑警的話音從頭頂落下，佳代答不出來。

她沒有任何想要他說的話。不管他說什麼都好。

「喏，妳很幸福吧？」

佳代不解其意。

「……像這樣在我面前一動也不能動……這裡就是妳的歸宿，是這個世上最讓妳感到幸福的地方。」

精油按摩後發燙的身體又灼熱起來。

佳代用力抱住大枕頭，嗅聞沾染其上的自己的氣味。

剛才佳代挑選的精油，是配合了礦物質豐富的匈牙利溫泉水的身體油。在肌膚上的延展性好得驚人，獨特的香氣似乎是柑橘與銀荊混合而成。

不知道抱了枕頭多久，忽地翻身過來，窗外已是一片絕美的晚霞，拉長的薄雲染成了淡粉紅色。

仰躺的佳代想要稍微沖個澡。但陷在床裡的身體好舒服，她連一根指頭都不想動了。

就在這時，連自己都毫無預期地，笑意湧上心頭。

在鼻腔咕咕冒出的震動，從喉嚨落下腹部，傳遍全身。

我是這麼強悍的女人嗎？

說出聲後，更是可笑到不成話語。

佳代再次抱住大枕頭，這次以大腿用力夾住。

他一定覺得我這女人不太正常。要不然不可能做出那種事。

突然被人叫去，就前往湖邊的自己。在車頭燈中，沾滿落葉坐在地上的自己。盯著這樣的女人，在駕駛座自瀆的男人。

愈想愈疑惑自己到底在做什麼？滑稽萬分，然而另一方面，那剎那間千真萬確地感受到的興奮，亦再次復甦。

好不可思議的感覺。

明明是對刑警唯命是從，一切卻宛如得償所願。突然被叫去，沒有半句道歉，也沒有絲毫柔情，就這樣被丟在原地。

自己應該毫無選擇權，卻覺得一切都是自身的選擇。

但這麼一想，身體便整個涼了下來。佳代急忙轉換想法。

我不是被他強制。他沒有強制我任何事。我是主動去那裡的。我是自己蹲在他前面的。

佳代慢慢地從床上坐起來。以不自然的角度傾斜的脖子，麻痺感沿著背部落下腰部。

窗外，美麗的向晚天空在湖面展現另一張臉孔。染成一片血紅的湖面，讓佳代屏息。

○

覓水的小鳥翅膀觸碰湖面，激出的漣漪無邊無際地晃漾開來。朝陽緩慢地從對岸群山升起，榛木和赤芽柳擺動著枝葉，宛如轉醒。清晨的湖泊寧靜無聲。只有朝霞的色彩。

穿著尼龍釣魚褲的圭介，手持釣竿，慢慢地踏進蘆葦原中。透過尼龍布，清早的湖水冰寒滲透進來。湖岸的樹木完全染上了紅黃色彩，其中也有樹葉落盡，一身光禿的樹。

松本郁子的車禍所引發的後續一連串騷動之後，三個星期過去了。這是圭介幾乎時隔一個月的休假，他今早不到五點就被女兒小詩的哭聲吵醒，索性起床，來到了湖邊。

「你可以再多睡一點啊。」

華子哄小詩睡覺，睏倦地說。

圭介穿過蘆葦原，踏穩雙腳，大大地甩動釣竿。釣線在湖面拍打出清脆的聲響。朝霧也漸漸散去了。圭介將神經集中在釣線的動靜上。注視著拉緊的線，便和平常一樣，腦袋逐漸放空。全世界就只剩下這座湖，這座湖就只剩下自己。這種孩子氣的想像，總讓他感覺到幾乎戰慄的充實感。

「連煞車也不踩，衝進十字路口，說起來就像是自殺。」

這是昨天的偵查會議中，竹脇部長不經意吐露的一句話。當時圭介剛說明完療養中的松本郁子的狀況。霎時，室內流過黏滯的空氣。彷彿會議室在轉瞬之間變成了充斥著汗臭味的地下小睡室。松本郁子果然就是凶手，她是畏罪而試圖自殺。心照不宣地，會議得出了這樣的結論。

「那，後續交給你們了。」

竹脇以這句簡短的話結束會議。竹脇等人離開後，在場的偵查人員頓時邋遢起來。也許每個人都一樣感到窒悶，窗邊有人打開了窗戶。伊佐美站起來伸懶腰，問：「什麼時候可以繼續偵訊松本郁子？」

「主治醫師沒有正式回答，不過隨口聊到時，他說再過個一星期，就不得不同意我們在病房進行簡短的訊問了吧。」圭介回答。

「應該就像部長說的吧。不踩煞車，闖紅燈衝進十字路口，根本就是想自殺。」

會議室裡每個人都豎起耳朵聽著伊佐美這話，並且等待他下一句話。

「……松本郁子想要自殺對吧？……對自己幹的好事，事到如今才終於承受不了罪惡感了。」

聽到伊佐美的話，也沒有人抬頭。這間小會議室已經沒有別的窗戶可打開了。

○

池田吃完延遲的午飯回來，重新端詳電腦螢幕上的照片。

是舊琵琶湖飯店特別展示室裡的那張，池田用手機翻拍回來的。照片上是舊時的晚宴景象，醫療法人澀井會的澀井宗吾會長、第八銀行總裁段田信彥、京大教授市島民男各自帶著夫人，聚集在豪華的水晶燈下。

池田忽然感覺到目光，回頭望去。不知何時起，小林站在他背後看著照片。

「每個人閉口不談……」池田坦然示弱說。

小林沒有說話，直盯著照片。

「……從一開始，情節就一清二楚。藥廠MMO底下的醫師宮森勳竄改臨床試驗結果，隱瞞重大副作用。MMO靠這種血液製劑賺取龐大的利益，也有相當可觀的一筆錢流入宮森醫師的口袋裡。都查到這些了，卻沒有成案。前些日子，小林姊介紹給我的西湖署退休刑警河井先生也說，當時有個勢力強大的政治人物西木田一郎在背後運作，一點沒有錯。他是現在的西木田政調會長的父親，我當然也從現在的西木田孝臣議員那裡試著打聽出什麼，但政治人物只要交棒給下一代，祕書們就彷彿把主子過去的種種惡行全部扛下來隱瞞，準備帶到棺材裡去一般，查不到半點蛛絲馬跡。」

事實上就如同池田向小林報告的。池田聯絡約一年前因遭受西木田議員權勢騷擾而辭職的前祕書，然而祕書談到的只有自己遭受到的暴力行為，對於上一代的西木田一郎幾乎一無所知。

「這張照片是什麼？」

聽完池田的報告，小林指著電腦螢幕的照片問。

「哦，這是舊琵琶湖飯店展示室裡的照片，很巧，上面拍到的就是澀井會的會長，澀井宗吾。MMO手下的醫師宮森勳，就是在澀井會旗下的研究機構工作。」

「很巧？」

「我現在也在追另一起發生在琵琶湖的護理之家楓園的醫療事故，就在西湖署的轄區。然後那起事故的死者就是這上面的市島民男。」

池田依序指示照片上的男人們。

「難道這兩起事件之間有什麼關聯？」

「不，沒有吧。兩起事件都發生在西湖署轄內，可一邊是二十年前的往事了，只不過兩邊都是醫療糾紛，澀井會又是當地大組織，相關人士牽扯在內的機率自然也很高吧。」

實際上池田就是這麼想的。

這時內線電話響了。池田接聽，說是有個叫市島小百合的人打電話找他。是前些日子回應他臨時採訪的市島民男的女兒。池田想起她說他負責連載的東江健一的歷史小說很有趣的表情。

轉接電話之後，小百合簡單寒暄，說想正式接受採訪。似乎是對警方遲遲沒有進展的偵查工作感到不信任。池田調整行程，答應會盡快去拜訪她。

「池田先生，要不要再來一杯紅茶？」

市島小百合收拾瑪德蓮的空袋子說，池田關掉ＩＣ錄音機，大方接受：「謝謝，那我就不客氣了。」

雖是約一小時左右的訪談，但小百合說完對警方的不信任後，接著便一直在聊她喜愛的年輕歌舞伎演員。池田工作的週刊社，上星期出刊的封面就是那名演員。

簡而言之，小百合會特地找東京的週刊記者池田過去，似乎是害怕世人就此對這起案子失去興趣。

池田將錄音機收進皮包裡，借了洗手間。去到走廊，發現深處似乎有增建的部分，格局頗為奇妙，走廊盡頭突然就是中庭。

「在那裡面。」

池田對小百合的指點應聲，卻不知為何被中庭吸引了。雖然不大，但精心整理的庭院開著鮮紅色的石蒜花。池田正要打開廁所門的時候，花壇倏地冒出一條人影。探頭一看，一名白髮老婦人也不怎麼驚訝地看著他。似乎是過世的市島民男的妻子。那麼，她應該已經高齡九十多歲了，只見她姿勢端正，頂著一頭豐厚的如銀白髮，氣質高雅。

「打擾了。我借用一下洗手間……」池田出聲說。

「洗手間是那道門。」夫人指示說。

「啊，這邊嗎？」

池田故意假裝迷路。

「房子增建過，跟主屋的區隔不清不楚的。」

老婦人操著一口極溫婉的關西腔。池田像被那語氣吸引，離開洗手間，走向中庭。

由於未見夫人面露不悅，池田便借穿了脫鞋石上的拖鞋，走下中庭，殷勤地致意說：「市島先生的事，請節哀順變。真不知道該如何安慰才好……」

老夫人似乎困惑了一下，也行禮說：「您多禮了。」敬禮的姿態有著說不出的矜貴。

「好美的石蒜花。我記得石蒜花的花季，一年只有一星期左右是嗎？」

「就是現在這時節。」

老夫人輕柔地觸摸花瓣。微顫的指頭顫動也傳到了花瓣。

「這花有毒，人家都說不適合種在庭院。年輕時候，我和老伴同住的家附近，有一座開滿了石蒜花的小丘。」

在夕陽射入的中庭裡，老夫人的白髮閃閃發亮。

「開滿石蒜花的小丘嗎？那一定很美。」

「整座小丘都染成一片鮮紅，說有多美就有多美，美到令人悚然心驚。」

「您以前住在哪裡？」

「那是戰爭結束前的事了，是在中國。」

「中國？」

池田忽然想起舊琵琶湖飯店特別展示室裡的照片。仔細想想，照片中坐在年輕的市島民男旁邊的就是這名老夫人。

「是中國的哪裡呢？」他隨口道問。

「以前的滿州。」

老夫人再次將手伸向眼前的花，就彷彿想起了被石蒜花染得鮮紅的那座小丘。

「市島先生在進入京大當教授以前，是在滿州嗎？」

池田問著，又想起了老照片。戰後擴張到全國的澀井會，最早是從會長澀井宗吾在滿州開的醫院起家；而戰後成為第八銀行總裁的段田信彥，也是因為戰前從大藏省調派滿州中央銀行，才能有今天。原來如此，這三人是在舊滿州相識的。

「咦，你在這裡。」

忽然聽到聲音回頭一看，只見小百合一臉不悅地站著。不悅的眼神不是對著池田，而是對著母親。她皺眉說：「媽，要去庭院的話，至少披件開襟衫吧。」

「啊，如果時間方便，我也想請教一下夫人民男先生生前的為人等等。」

池田忍不住出聲說。眼前的老夫人有種讓他放不下的心緒。

「媽，這位是東京的記者。怎麼樣？妳要跟她談嗎？」

小百合問，態度依舊不耐煩。

「簡單談一下就好了。」池田也插口。

「如果不會很久的話……」

結果被害人的妻子市島松江答應接受採訪了。池田被領到可看到中庭的松江的房間。雖然不到茶室的規模，卻是充滿了清冽氛圍的房間。書架和寫字几都古意盎然，也看得出備受珍惜。裝飾在壁龕的單支花朵，也許是松江親自插的，一朵仍鮮嫩欲滴的小菊花，連平常根本不會關心花瓶花朵的池田，都忍不住被吸引了目光。

「謝謝您答應我這麼唐突的要求。」

徵得錄音的許可後，池田道謝說。

「剛才您說兩位戰爭前住在舊滿州，是舊滿州的哪一帶呢？」

對於池田的問題，松江回答：「是以前的新京，現在的長春。」

「長春是嗎？」

「你去過中國嗎？」

「去過上海，念書的時候去過香港。」

「哦，那邊很溫暖。中國東北部的話，現在這季節已經很冷了。因為入冬以後，氣溫會降到零下二十度呢。」

「零下二十度？完全無法想像呢。」

池田忍不住低聲驚呼。

「我和老伴結婚後，就一直住在哈爾濱，那裡冬天更冷了。」

池田用手機打開Google地圖，說：「……長春和哈爾濱距離三百公里左右，比東京到名古屋更短一些呢。」

「是嗎？原來這麼近啊？記得以前就算搭特急電車，也得花上半天左右。」

「現在的話，搭高速鐵路好像一個小時就到了。」

地圖上也有正確的路線資訊。

「一小時？這麼快啊。」

「那，您是結婚之後搬到哈爾濱的？」

「我和先夫就是在哈爾濱認識的。那家旅館應該已經不在了吧。」
不知是否是錯覺，松江的臉頰看似飛紅了一些。
「那家旅館叫什麼？」
「『大和旅館』，那時候在哈爾濱站前。」
「大和旅館？……啊，現在還在喔。」
池田在地圖上找到這個名稱。搜尋一看，似乎是一家仍相當受歡迎的經典飯店。池田看著圖片搜尋出現的飯店外觀，說：「很豪華的飯店呢。還保留著當時的新藝術建築的原貌喔。」
「這樣啊，還保留著啊。我是在那裡的法國餐廳第一次遇見老伴的。」
「那是什麼時候的事？」
「昭和十六年。才剛入秋，是個非常舒爽的好日子。哈爾濱那裡，喏，是俄式風格，很漂亮的城市對吧？行道樹都轉紅了。石板地上堆積的落葉，讓人覺得就好像真的來到了歐洲。」
也許是松江聲情並茂的描述，池田也能清晰地感受到從未去過的哈爾濱的秋季景致。
「……老伴當時才虛歲二十五，我十九歲。好懷念吶。」

「是相親嗎？」

「對，老伴緊張死了。」

感覺非常奇妙。據說緊張萬分地參加相親的二十五歲青年，前些日子成了一百歲的命案被害人過世了。

池田就像要從躺在病床上罩著呼吸器的老人身影別開目光，想像著位於哈爾濱的高檔古典旅館的法國餐廳裡，一對緊張兮兮的年輕男女。餐廳桌子鋪著白色桌巾，溫暖的秋陽從大窗灑入。或許，當時石板街道上還有馬車在行走。毛色亮麗的馬匹，和染紅的行道樹相映成輝。

「當時那麼年輕就相親了呢。」

雖然池田也有這方面的知識，但為了推動話題，他附和地說。

「那不是正式相親。我有個哥哥，當時是滿州建國大學的學生，是老伴的換帖兄弟。」

不知是那溫婉的音質使然，或是柔和的語氣所致，聽著松江述說，彷彿就像誤闖了孩提時代讀到的民間故事或童話世界，自己就站在七十年前的哈爾濱街頭。一定是因為松江不是身在現在，而是從那個世界對他述說的緣故。

池田窺看松江的眼睛。他想要看出倒映在其中的事物，卻不知為何，愈努力去看，就愈顯混濁。

○

早上圭介醒來時，岳母已經來了。岳母準備的早餐，是法國麵包、班尼迪克蛋風的蛋料理，以及滿滿一大碗白蘿蔔沙拉，圭介將這些像用紅茶沖進肚一般，一眨眼就掃光了。

「看到健康的人吃飯，就是爽快。」

岳母將圭介用過的番茄醬蓋上蓋子。

「爸不舒服嗎？」圭介問。

「是真哥最近一直不太舒服。」

正在洗碗的華子替岳母說出和岳父母同住的長男名字。

「一直胃痛，吃飯的時候也只吃一點就說不吃了，一臉沒胃口地離開。因為大家都一塊吃飯，看了讓人很不舒服。」

「哥食欲那麼差，身體會撐不住吧？」圭介順著附和。

「不過萬里子不在的時候，他食欲可好了。不過換作是我，坐在那種整天臭臉的人對面，也會倒盡胃口。」出現了似乎是這個話題重點的長媳名字。華子說，岳母藉口照顧外孫女小詩，幾乎天天往這裡跑，就是要做給媳婦看。

看看時鐘，差不多該出門上班了。心情頓時沉重無比，圭介放下原本想要喝光的柳橙汁杯子，抱起嬰兒床裡睡著的小詩，嗅聞她的頭髮，一直待到非出門不可的時刻。

湖畔購物中心一樓超市的陳列架上，堆滿了青翠的高麗菜。或許是白亮的照明之故，架上的蔬菜每一樣都衛生乾淨，理所當然，賣場裡沒有絲毫泥土的氣味。

雖然離傍晚繁忙的時段還有一陣子，但店內客人很多，特價區那裡，顧客們的購物籃彼此推撞。身在這些客人當中的松本郁子拿起一袋茄子，研究了一會又放回架上。松本的購物籃裡已經裝滿了商品，但寸步不離地跟在背後的圭介，購物籃裡空空如也。

松本雖然身受肋骨骨折的重傷，幸好順利恢復，上星期初出院了，也決定下個月就要回去楓園上班。雖然松本仍以重要證人的身分繼續接受警方偵訊，但院方也無法拒絕主張自己清白的員工回去上班的要求，聲明會以原本的待遇讓她回來。

不過，原本對松本抱持同情態度的院方和同事，看到警方如此執著於她，也逐漸認為她果然有某些問題，之前的車禍也如同傳聞，是她畏罪自殺，聽說最近愈來愈多人慢慢和她保持距離。

松本最後還是將細看之後又放回去的那袋茄子拿起來，放進籃子。

當然，松本早就發現圭介在跟蹤她了。別說發現了，警方這樣的跟蹤已經不是第一次了，剛才圭介也故意站在松本旁邊，探頭看她手上的豬五花肉的標價。

每一次都惹得松本一陣煩躁。雖然一語不發，但圭介知道，她連每一根頭髮都在煩躁。

第一次像這樣露骨地跟蹤時，圭介同樣在這家超市寸步不離地跟著，松本好幾次高聲大罵：「你夠了沒！」但不管松本再怎麼吼，圭介就是不離開，反而貼得更近。店員聽到吵鬧趕來時，圭介便直接表明刑警身分，松本登時變得毫無立場。此後她便徹底心死了。她的眼神已經死了。

圭介呆呆地看著走向熟食區的松本背影，突然被人戳肩膀，回頭望去。不知道什麼時候冒出來的，伊佐美站在背後，同樣地目送著松本，笑：「看到那種眼神，我真是凍未條。」

「那種眼神？」

這可怕的巧合讓圭介一驚。

「松本那種眼神啊。她已經完全放棄掙扎了。」伊佐美搞笑地做出鬥雞眼，喃喃道：「人啊，放棄什麼的時候，就會變成那種眼神。她很快就會招了。」

「那個……」圭介對伊佐美說。

「什麼？」

「是……就是松本，我認為她現在已不是能正常接受偵訊的精神狀態了。」

圭介觀察伊佐美的臉色，看不出任何變化。

「你智障啊？所以又怎樣？這大家都知道好嗎？」

伊佐美說著，打了一下圭介的頭。

圭介自己也不知道想表達什麼。明明早就隱約察覺松本是被選中當那個比較弱小的騙子，事到如今，卻想拜託學長放她一馬嗎？

這才不是冤案。就是她故意殺害市島民男。她對照服員的待遇有所不滿。她一直想報復園方，一吐怨氣。愈是這麼喃喃自語，就愈覺得她才是真凶。

尾隨買完東西的松本到停車場後，圭介在購物中心看到了豐田佳代。他沒有跟上就這樣回家的松本，依伊佐美的指示，今天就地解散。

圭介折回購物中心去上廁所。他在長長的通道上尋找男廁，結果看見在裝潢時尚的和食食材店買東西的佳代。佳代看了一下商品，接著走進隔壁的水果果凍專賣店。感覺沒有特定想買的東西，只是閒逛。

圭介從稍遠的地方偷拍觀看櫥窗的佳代。雖然有點距離，但店內的照明正好打在她的臉上。

佳代接著前往樓層最裡面附設咖啡廳的書店。她在櫃臺點單，去雜誌賣場拿了一本食譜，在吧臺空的高腳凳安坐下來。

圭介又舉起手機對著她。他想拍佳代，但相隔一個座位的男人在偷看佳代。男人是中年上班族，假裝在用筆電，卻露骨地打量著佳代。佳代沒發現男子，當然也沒發現圭介，在杯子裡加入砂糖，攪動湯匙翻著食譜。

圭介在附近長椅坐下來，將剛才拍的照片傳送給佳代。佳代立刻發現訊息，拿起擱在桌上的手機。圭介期待佳代發現是誰傳訊時，會露出什麼表情。表情沒有變化。不過疑似點開附檔照片的瞬間，她縮起了脖子。

思考收到的照片意味著什麼，佳代似乎陷入混亂。她交互看著照片上的自己和店內狀況，再次縮起脖子。

圭介緩緩地站起來。佳代的視線捕捉到圭介，注視了他片刻，又落向手上的照片。但她的視線沒有再抬起來。

圭介靜靜地站在原地。

一直到背後桌位的一群高中生站起來，佳代才再次抬頭。男學生的大運動袋撞到佳代，一個勁地道歉，走出店裡。

佳代一直看著這裡。圭介面無表情，努了努下巴，跨步就走，就像在叫她跟來。

但佳代沒有行動。圭介再次努努下巴，等到佳代起身，才繼續往前走。電影開場時間似乎快到了，剛才的一群高中生跑過圭介旁邊。

圭介回頭。雖然拉出相當程度的距離，但佳代確實跟來了。

今天是平日，購物中心裡人潮並不多。遠處跑向電影院的高中生歡鬧聲仍依稀可聞。圭介在通道右轉。轉過去之後，是一處小休息區。白牆上掛著畫了湖泊的新潮壁畫。

在休息區深處再往右彎，就是洗手間。圭介在洗手間前停步。洗手間前面的走廊就像醫院般單調，與明亮的休息區是天壤之別。這邊的白牆貼著購物中心進駐商家的徵人廣告。

這時，佳代從轉角現身了。

她看到圭介，立刻停下腳步，但圭介向她使眼色，她便留意著背後，沿著牆壁靠過來。

店內在廣播尋人。

「剛才在四一商店購買帽子的顧客，煩請返回賣場，店員有事告知。」

重複兩次後，廣播變回了原本的古典音樂。

圭介來到佳代面前站定。有股甜蜜的髮香。

「妳為什麼跟來？」

圭介低喃。佳代沒有應聲。

「喂，妳為什麼跟來？」

圭介輕推佳代的肩膀。佳代踉蹌了一下，圭介窮追不捨：「喂？妳為什麼跟來啦？」

佳代就要深深低下頭去。圭介抓住她的下巴：

「說啊。」

他用拇指壓扁女人的嘴唇，粗魯地用指腹摩擦嘴唇。淡粉紅色的口紅被抹掉了一些。

「……這是什麼？說啊，是什麼！」

在耳畔低聲逼問，佳代小聲回答：「……嘴、嘴巴。」

「就是吧？既然有嘴巴，就可以回話吧？……喏，妳為什麼跟來？」

圭介更用力地捏住下巴，望進佳代的眼中。佳代轉頭別開臉，卻只有眼睛不知為何沒有移動。她的瞳眸清楚地倒映出圭介的臉。

這時響起了腳步聲。圭介立刻離開女人，背對腳步聲的方向。可是下一秒傳來了耳熟的聲音：「咦？」

正要走進男廁的圭介停下腳步。還沒回頭，眼角餘光便看到華子了。

佳代是最先動的一個。她甩動手腳，像要掙脫纏身的蜘蛛網般離開了。

「呃，喂！」

華子情急之下叫道，但佳代沒有停步。

「喂……」華子接著轉向這裡。「……你在做什麼？」

「做什麼？」

反射性地脫口而出的，是這樣的問句。

「還什麼……」

「哦，妳說那女人？她腦袋有點問題。之前我在負責的案子裡偵訊過她。她剛才在糾纏我，幸好妳出聲，把她嚇走了。」

感覺謊言勉強圓過來了。接下來謊話一瀉千里，愈說愈覺得那個女人真的有病。

○

佳代在居家賣場的輪胎更換中心說明有預約，在申請書上簽名。

「啊，我是代理人，這裡簽我的名字就行了嗎？」

佳代問，店員看著申請書車主欄上國枝的名字，問：「妳是他太太嗎？」

「不是。」佳代回答。

「女朋友嗎？」

「對。」

「那，這裡簽您的大名就行了。今天車子是您要開回去吧？」

車子和鑰匙已經交給維修廠人員了。填完資料後，佳代在自動販賣機買了紙杯裝紅茶，在無人的等候室長椅坐下來。窗外，國枝的車已經被送往維修工廠內。人潮擁擠的假日，這處廣場會擺章魚燒和可麗餅的攤子，但今天是平日，每個攤車都蓋著藍色塑膠布。

佳代傳訊息給國枝：

『現在在換輪胎。你說的點數好像也可以累積。』

立刻收到回覆：

『我知道可以積點。活動期間應該會加倍。』

從簡短的字面，也感受到國枝平常催促般的語氣。

『我去問一下。』

『等下妳要過來吧？』

『我要先去買東西，應該會晚一點。』

沒有回覆。

這幾個星期，佳代和國枝幾乎都沒有碰面。雖然會互傳訊息，但佳代都用有員工臨時辭職，突然要上班，或傍晚要去找父親等謊言，推掉週末的邀約——雖然國枝也沒有約。然而前些日子國枝難得傳訊息來，要她幫他的車換輪胎。好像是撞到什麼東西，側面撞出小缺口。目前開車還沒有問題，但加油站說萬一開上高速公路，有可能爆胎，建議他最好換掉。雖然不滿為什麼國枝不自己去，佳代也懶得拒絕，回覆說好。

開著換好輪胎的車回到國枝家，明明說學校有活動，國枝人卻在家裡。幾乎兩星期沒見了，但迎接佳代的國枝還是那副樣子，一如往常賴在電視機前繼續打電動。

「妳幾點來拿車的？」國枝問。

「五點多，你在？」佳代問，國枝沒有回話。

佳代去廚房準備晚餐。她正在洗米，應該繼續去打電動的國枝卻在客廳和臥室來來回回，偶爾粗魯地甩上臥室門，像在生氣。是國枝想要跟佳代上床的表示。

佳代假裝沒發現。

這回國枝踹起臥室的牆壁。那聲響搞得佳代不得不放棄。

「我想先煮飯。今天等下要上大夜。」

佳代沒有進臥室，開著門在走廊說。國枝滑著手機說「我還不餓」，等佳代上床來。

「想要跟我上床，直接說不就得了？」

佳代那異於平常的態度，讓國枝極為不知所措。之前，佳代都因為不想惹國枝不高興，總是乖乖上床。

「不是嗎？」佳代問。

「不是什麼？」

國枝幾乎挑釁地噘起嘴巴。

「什麼不是？」佳代回嘴。簡直像變了個人。原來自己居然可以這麼強勢？連她自己都驚訝極了。國枝氣到吹鬍子瞪眼睛。

「……我從來沒有喜歡過你。」

說出口的瞬間，整個人爽快了。

「……我也不知道為什麼你要跟我交往。不過我也不想知道就是了。」

明明不激動，卻無法克制要說。這時國枝站了起來。他粗魯地拉扯佳代的手，硬想將她拽上床。連自己都覺得奇妙，但佳代一點都不感到害怕，只覺得眼前的男人可悲極了。

「很痛！放開我！」

佳代惡狠狠地甩掉國枝的手。逃出走廊，國枝連滾帶爬地追了出來。下一秒，肩膀被一把揪住，佳代以為要被揍了。國枝緊握著拳頭。

「……你半點男性魅力都沒有。」

這些話自然地衝口而出。不知是兩眼充血的國枝先推了佳代的肩膀，還是佳代先用力甩開國枝的手，兩人的身體突然分開來，佳代的背部撞在牆上。國枝想要回去臥室。佳代想抓住他的手，但國枝甩開了。接著他猛力甩上門。

「……蠢斃了。」

回過神來時，佳代口中喃喃。對於好歹也曾經男女朋友一場的男人，她沒有更多或更少的感受。

佳代拎起皮包，走出玄關。她正要上車，主屋傳來聲音：「豐田小姐。」轉頭一看，國枝的母親正從窗戶探出頭來：「妳要回去了？」

「不好意思，也沒跟阿姨打聲招呼。」佳代道歉。

「沒關係啦。倒是妳好像一陣子沒來了……都沒看到妳的車。還是妳坐公車來的？」

國枝的母親伸脖子想看佳代的車子裡面。車子裡也沒什麼不好讓人看到的東西，但佳代忍不住變換站立的位置，擋住她的視線。

「沒有，這陣子工作比較忙……」

「啊，這樣啊……我問阿重，他也什麼都不講，阿姨有點擔心……」

「對不起。」

對這位看起來人很好的母親，國枝也總是口氣很差。

「那我要走了。」佳代重新拿好皮包。

「啊，好。不好意思啊，把妳叫住。」

佳代上了車。發動引擎，慢慢地開出國枝家的土地。國枝母親的視線一直黏在背上不肯離去。

抵達楓園之後，在停車場看到同事小野梓的身影。梓應該不是在等她，但一看到佳代的車，便立刻跑了過來。

「怎麼了？」

佳代打開車窗。

「佳代姊先停車。」

梓指著停車位說。說不定真的是在等佳代來。佳代停好車下車，梓便遞出手機說：「我有東西想給佳代姊看一下。」

「什麼？又是妳男朋友的新影片？」

佳代目瞪口呆。以前梓也讓她看過好幾次似乎是YouTuber的男友拍的影片。

「該不會又是用洗衣夾夾身體的影片吧？」

佳代笑道，但梓的表情僵硬。

「……怎麼了？出了什麼事嗎？」

「我隨便亂點影片，偶然發現的，在拿給服部姊和我們同事看之前，想說先給佳代姊看一下，聽一下妳的意見。總覺得怪恐怖的。」

「我可不要看恐怖的東西。」

佳代忍不住遠離遞過來的手機。

「不是啦。不是那種恐怖。總之妳先看一下。」

梓強硬地伸出手機。佳代身體後仰，眼睛望向那小小的螢幕。影片拍到的是熟悉的楓園外觀。鏡頭慢慢地從佳代剛才開車上來的路往上抬。似乎是邊走邊拍，但攝影者沒有進入正面玄關，而是繞到停車場，也沒有進入員工通行門，就這樣繞到建築物後方。楓園後方是遼闊無邊的田地。

「這是什麼？妳拍的嗎？」佳代問。

「不是啦。先別說話，再繼續看一下。」

梓雙手固定手機，免得晃動。

繞到楓園後方的鏡頭暫時固定著，只拍到綠色格網另一頭的田地。仔細一看，天色依然十分陰暗，看不出是傍晚還是清晨。下一秒鐘，慢慢動起來的鏡頭拍到了緊急逃生門。從建築物內側來說，是一樓走廊深處，平常就是開放的。鏡頭從逃生門進入建築物內，停在最前面的門前。

影片就只有這樣。

「這什麼？」佳代問。

「咦？妳看仔細一點啦！因為妳看，拍的人停在一〇八號室前面吔！是市島民男阿公的房間前面！」

梓突然激動起來，鼻翼大張。被她這麼一說，佳代總算驚呼：「啊！」出聲的瞬間，她猛地一陣頭皮發麻。

梓說她查過，沒有找到其他相關的影片。也不知道是誰拍的，上傳時間是約十天前，沒有特別的標題，影片也沒有說明內文，原本好像搜尋也找不到，但或許因為是在同一個地區拍攝的，不知為何出現在梓的男朋友的頻道相關影片裡。但幾乎沒有人看，觀看次數還只有三十一次。

「這三十一次裡面，大概有二十次是我看的。」梓說，接著問：「佳代姊覺得呢？」

「覺得……」佳代支吾其詞。

「最好告訴警察吧？」

「咦？警察？」

「因為這有可能是凶手拍的……」

「等、等一下。」佳代急了。

當然，若影片是那類犯罪自拍，看起來也像是，反過來也可說是訪客出於好玩的心態隨手拍攝，只是有人從並未特別禁止通行的逃生門走進來罷了。

「我本來也想拿給男朋友看，可是要是給他看，他一定會覺得好玩，馬上傳到自己的頻道。萬一引起不必要的騷動，警察找上他就麻煩了。畢竟他惡搞過很多事。」

佳代說「再讓我看一次」，要梓重播影片。這次也許是從凶手的角度去看，在陰暗的霧靄中慢慢靠近護理之家的那段影片散發出緊張感。不過，這影片是什麼時候拍的也不知道。當然，也沒有拍到走進市島民男的病房的場面。

「欸，佳代姊，怎麼辦？」

梓再次問，佳代推託：「我也不知道。妳覺得告訴警察比較好的話，就去說啊。」

「要是說了，又要被問東問西了。這是沒關係啦，但萬一從那裡被查到我男友的頻道就討厭了。」

佳代推著煩惱的梓的背部，前往上工。

○

感覺還趕得上末班電車，但池田不想直接回去一個人的住處，從新大久保前往歌舞伎町。他想找個地方喝一杯再回去，做為一點小慶祝。

今天的工作是「韓國街的變化」這篇短報導的採訪，他去了幾家熱門餐廳，結果途中接到之前碰面的西湖署退休刑警河井聯絡，說可能拿得到藥害事件發生當時的偵查資料，令人開心。河井要他別太期待能拿到多少資料，但管道似乎相當值得信賴。

走在充滿醉客、熱鬧滾滾的歌舞伎町大道上，聽見打擊練習場傳來輕快的打擊聲。繁華鬧區的天空浮現被強光打亮的綠色網子，看在池田眼中，顯得健康極了。

去揮棒一下，為自己加油打氣好了。池田意氣風發地進入打擊練習場，但一到九的位置都已經滿了，等候室大排長龍。

也不是說不惜排隊也一定要打到，池田不經意地抓住網子，探頭看前面的位置。正在打球的是一個體態豐滿的女子。不是胖，是前凸後翹的迷人體型，每當球射過來，便用力揮舞球棒，更凸顯出身體線條。女人似乎醉得很厲害，每次揮棒，就自己大笑不止。實際上，球速和球棒的動作錯拍到讓人同情。細一看，脫下來的高跟鞋掉在本壘板旁邊。

看見再次用力揮棒的女人，池田也忍不住笑出聲來。女人回頭瞪他：「笑什麼！」但瞪人的眼睛也迷茫不定，池田提醒：「喏，下一球要來了。」但女人瞪著池田，招手要他進去。女人拿球棒當拐杖撐著，看起來連站都站不穩，感覺會被球砸中，危險極了。女人再次招手。池田張望了一下周圍，鑽進網子裡。

「這家店的機器，只對我一個人投變化球。」

池田一走進打擊區，女子便抗議說。

「全部都是直球啊。」池田笑道。

「直球？」

「妳喝醉了。還好嗎？」

這時又一記直球飛來，在網上擊出悶重的聲響。

「……站那邊很危險。」

池田想拉女人的手，女人雞同鴨講地說：「你是教練？」

「不是教練啦，是代打。」池田回以玩笑。

女子似乎明白什麼是代打，問：「咦？你是代打？」然後說：「那，給你。」她順從地將球棒遞過來。球又射了過來，在網上擊出悶重的聲響。

池田讓女人離開打擊區，要她在網子後面的摺疊椅坐下。回到區內，舉好球棒。然而卯足了勁準備要打時，球已經射完了，投球機的紅燈消失。

「打到了嗎？」

背後傳來女人的聲音。回頭一看，她在網子另一頭的歌舞伎町夜空尋找球的蹤影。就在這一刻，隔壁打擊區傳來擊中球的清脆聲響，球不斷地高飛出去，撞在夜空前的網子上。

「哇……！好厲害，好厲害，好厲害喔！」

既然醉女人搞錯了，那就將錯就錯好了，池田也比出勝利手勢。

接著，池田一個人打了兩局左右。離開打擊區，在自動販賣機買了水給女人，女人似乎也稍微清醒了一些。走出馬路時，池田讓她穿上一直拎在手中的高跟鞋。「穿了會跌倒。」女人反抗說，但夜晚的柏油路太冰冷了，只穿絲襪走路會凍著。

池田蹲下身來，女人將全身重量壓到他背上。池田承受著那重量，將女人的腳塞進鞋子裡。雖然是相當奇異的景象，但是在深夜的歌舞伎町，沒有人注意他們。

「全壘打王！下一站去哪裡？」

池田站起來，女人想要攀到他背上。池田讓她穿好滑落了一半的大衣，邀約說：「去旅館吧。」

女人沒說要去，也沒說不去，但池田摟著她的肩膀往前走，女人便跟了上來。彎過第一個轉角處，就是賓館的門口。一輛黑色廂型車駛過狹窄的通道，慢慢超過池田和女人，在旅館前停下來。

應該是車伕在送小姐，池田沒有理會，想要鑽過車子與建築物之間進入旅館。然而就在這時，廂型車的滑門打開，他的肩膀冷不防被抓住，完全來不及出聲，人已經被拖進車子裡了。

摀住嘴巴的手散發出菸味。池田手腳掙扎想要逃離，卻被多人壓制住。滑門在眼前關上，車子猛速前進。被留在黑色玻璃窗另一頭的女人，只是呆呆地目送車子。

這時，頭被厚實的袋子罩住了。當那粗糙的布料擦過臉皮時，池田第一次感覺到恐懼。他知道車子穿過歌舞伎町的巷弄，開出了大馬路。雖然不知道車子裡有多少人，但沒有交談聲，只有香菸味。池田坐在車椅上，頭被粗暴地按住。雖然雙手沒有被反綁在身後，但被幾個人牢牢地制住。

池田決定完全不抵抗。他不認為自己有辦法抵抗。這麼想之後，呼吸稍微舒服了一些。

回過神時，他正下意識地不斷告訴自己：「沒事的，沒事的。」
車子開出去還不到十分鐘就停下來了。不像之前停紅燈的樣子，車裡的男人們也有了動作。
池田忍不住全身緊繃。滑門打開。「沒事的，沒事的。」池田不斷地告訴自己。
男人們下了車。那些震動讓車體劇烈搖晃。手忽然被一扯，池田被拖出車外。事情全發生在轉眼之間。
「不許再繼續牽扯你正在採訪的事。聽清楚，下次你就沒命了。」
這段話他聽得一清二楚。下一秒鐘，不知道是先被抬起來，還是頭上的袋子先被扯下來，忍不住四肢掙動的身體忽地浮了起來，接著就這樣往下墜。
池田一面下墜，同時看到了路燈。看到被路燈照亮的路樹。看見潮溼的石牆，看見男人們站立的小橋。
大量的水灌入口鼻，同時他知道自己被扔進河裡了。池田掙扎著。掙扎的腳踹到河底，找到了身體的重心。
幸好身體很快便浮上水面了。猛力吸進一口氣，瞬間劇烈嗆咳起來。池田拚命划水。石牆就在近處。

「有人落水了！」

頭頂傳來喊叫。抬頭一看，橋上的男人們早已不見蹤影。

○

被退件說交出去的報帳金額有誤，圭介將收據擺在桌上，按著計算機。不知道是哪裡算錯了，報帳金額和累積的收據總額相差了五千圓之多。核對到一半，約好的時間已經到了。雖然他注意到了，卻提不起勁。

旁邊一樣抬頭看壁鐘的伊佐美站了起來：「走吧。」

圭介將算到一半的一疊收據粗魯地塞進辦公桌抽屜。一來到走廊，在那裡等他的伊佐美便超不必要地將臉湊近過來，說：

「聽好了，都走到這一步了，已經沒辦法再說松本郁子果然是清白的。要是那樣，偵訊之後的車禍，就必須有人負責。當然，沒人想負那種責任。所以上頭已經定調松本郁子就是凶手了。聽著，自願配合詢問的階段老早就過去了。趁著現在陪著她的還是沒幹勁的公設辯護人，把事情解決掉。已經沒有回頭路了。」

下去一樓，一如先前，松本郁子由丈夫陪同前來。出院以後，這已經是第三次偵訊，陪同的丈夫似乎也習慣了，手上有在櫃臺旁邊的自動販賣機買的紙杯裝咖啡。丈夫以狠瞪的眼神迎接圭介和伊佐美，也許是想抗議個一、兩句。

「我們還沒有決定要請教太太多少問題，結束後會再請她聯絡，所以先生請先回去吧。要是像之前那樣在停車場等，我們也很困擾。」

圭介下逐客令說，丈夫似乎出師不利，「哦……」了一聲，低了一下頭，瞄了妻子一眼。松本郁子已經看也不看丈夫了。

圭介重新打量松本。她是個個頭嬌小的女子，即使站在眼前，高度也像是坐在椅子上。

圭介當場閉上眼睛。一閉上眼睛，先前和這名女子共度的狹小偵訊室裡的情景便浮現眼簾。

「果然就是妳幹的。除了妳以外，每個人都這麼相信。」

今天自己又會戳松本的頭嗎？然後依照劇本，被旁邊的伊佐美制止，一樣按照劇本，接著一腳將桌子踹飛嗎？

圭介想要好好地看一下松本的眼睛。他想明確地看看伊佐美說的、萬念俱灰的人的眼睛是什麼樣子。然而不管是戳她的頭，還是踹桌子，松本都不肯抬頭。

所以圭介也漸漸不耐煩了。

喂，妳珍惜的到底是什麼？和成天打柏青哥、一星期工作不到三天的丈夫的生活？忙著替那種丈夫的父親把屎把尿的每一天？還是這樣的生活當中，唯一可以露出笑容的、和職場同事相處的時光？那些根本無足輕重吧？

圭介一把抓住松本的頭髮。伊佐美假裝慌忙制止。被迫抬頭的松本的眼睛，就像伊佐美說的，已經放棄了某些事物。

「……松本女士，就是妳幹的。妳受夠了所有的一切對吧？這樣的人生，不是妳想要的吧？妳應該過著更不一樣的人生的。妳應該可以過著更幸福的人生的。畢竟妳付出了這麼多的努力……所以松本女士，妳可以放過自己了。沒必要妳一個人這樣死撐活撐著。不管再怎麼拚，也從來沒有人稱讚過妳，對吧？松本女士，妳已經盡妳所能了。妳真的做得很好了。妳真的很了不起。」

隔天早上，琵琶湖一帶下雨了。

從西湖署的窗戶望出去的湖面也在激烈的雨勢潑灑下，彌漫起氤氳濃霧。圭介環顧無人的樓層，走到窗邊開了窗。

潮溼的風流入乾燥無比的樓層。只要將手上的文件交出去，今天一整天暫時就自由了。將文件放到部長座位上，圭介去盥洗室洗了臉。冰冷的水一口氣沖掉熬了一整晚的睡意。雖然很想回家立刻鑽進被窩裡，卻忽然想去別的地方晃晃。

總之，今天一整天是自由的。

一想到這裡，一直搏鬥到剛才的筆錄文字，以及松本在偵訊室的話，就像霧氣散去了。走吧。今天是自由的。

圭介再次喃喃道，懷著奔馳而出的心情離開警署。接著圭介前往的地方是大阪。他也不清楚是在什麼時候決定要去大阪的，但路上他在高速休息站一大早就吃了三百公克的牛排，在附設的星巴克陽臺座悠哉地喝咖啡時，已經在想像坐在難波豪華花月劇場看搞笑表演的自己。

事實上，只要來到劇場所在的難波一帶，他就忍不住興奮期待。雖然還是上午，但拱廊商店街已充斥著觀光客，章魚燒店和二十四小時營業的居酒屋甚至已排起短短的隊伍來。

圭介平常不看電視綜藝節目。最主要的理由是忙碌，但他從年輕時候，就喜歡像這樣親自前來難波豪華花月等劇場看表演更勝於看電視。不過他從來沒有攜伴一起來過。就連華子也從來沒有找她一起來。

高中入學考失利時、升上高三退出足球隊時、祖母過世時，不知為何，圭介都一個人來到這家劇場。來這裡買票，看漫才表演哈哈大笑，對著濃密的新喜劇鼓掌到掌心都發燙了。

只是這樣，就讓心頭輕鬆許多。

不僅沒有和別人來過，仔細想想，他甚至沒有和任何人提過這個嗜好。也不是刻意要保密，但也從來不想告訴任何人。

幸好買到了下一場二樓座位的票。距離開演還有一個多小時。圭介走出熱鬧的大馬路，站在寫有本日表演者名單的看板前。上面有他喜歡的漫才師名字。光是看著新喜劇演員的名字，就能想到他們講的段子，忍不住笑逐顏開。

「圭介真的一點幽默感都沒有欸。」

他從小就常被人這麼說。小時候，這也讓他感到自卑。他也知道只要自己說笑話，場子就會整個冷掉，因此不由得變得沉默。

當然，這應該是他自我意識過剩，人家肯直接虧他「不好笑」，應該就證明了朋友們對他的開誠布公，但也因此，他很羨慕會搞笑的同學。他一直很嚮往可以變成那樣。

「就是一本正經地說你嚮往會搞笑的人，所以你才不好笑。」

圭介想起以前有人這麼笑他，邊逛起拱廊街來。

光是思考開演前要如何消磨時間，就讓他心滿意足。藥妝店店員在大聲攬客。中國人親子站在店頭展示的像沖浪板的健康器材上，開心地笑著。

街道的雜沓真是奇妙，跨步踏進去的剎那，自己也成為其中的一分子。只要成為一分子，就會發現雜沓其實很安靜。熱鬧滾滾的午時拱廊街，也和清早的湖畔沒什麼兩樣。

圭介叉著腿在熙來攘往的拱廊街中間站定。

「停止市島民男先生的呼吸器的就是我，松本郁子。我長年來對於院方對我們照服員的惡劣待遇心懷不滿。即使我在法庭上否認，也不是我的真心。」

松本朗讀自白筆錄的聲音，一清二楚地在圭介的耳中響起。接下來只要松本在筆錄上簽名，一切就結束了。本來松本應該要簽名的。然而到了最後關頭，松本卻拒絕了。

「我沒聽到警報聲，我沒聽到！」

接下來不管是哄是騙、軟硬兼施，松本都不肯再敞開心房。

「都到了這個地步，妳撒那種謊也沒用！」圭介大聲吼著，卻不知為何鬆了一口氣。

「你要給我搞定！」雖然被一旁慌了手腳的伊佐美揪住衣領，卻不知為何鬆了一口氣。

總之，今天這樣就結束了。

圭介慢慢地環顧喧鬧的難波拱廊街人潮。

「你一點都不好笑。」

圭介喃喃，感到心頭輕盈了一些。圭介當場做出甩釣竿的動作，以眼神追逐在人群中伸出的釣線。圭介奇妙的行動，也引來一些路人側目。釣線拋過去的前方，一名站在章魚燒攤子前面的學生，配合他演出被釣線勾住衣服的模樣。

「又得從頭來過了。除非松本自白，否則你的工作永遠沒完！」

今早先離開的伊佐美的話聲在耳中響起。圭介做出收線的動作，但章魚燒攤前的學生已經沒在看他了。

「對了，妳聽說了嗎？下下個星期，警察廳長官還是警視總監，總之有高官要從東京來視察吔。然後好像也會來這裡。」

在護理站整理住民病歷的佳代聽見這樣的對話。

「來這裡？住民好不容易才稍微穩定下來吔。搞不好又讓他們不安起來了。」

「我爸說，這是警方在展現他們要卯足全力調查這次命案的意志。」

「聽說西湖署的人也被上面罵得很慘。」

「這也是當然的吧？他們偵訊得那麼過分，結果松本姊是清白的，而且現在一堆社會派律師跑來要義務幫松本姊打官司，替她向警方違法偵訊討回公道。松本姊真的好可憐，可是現在有這些律師來幫她，真是太好了。」

「昨天傍晚電視不是也播了特別節目？說是西湖署鬧出空前大醜聞呢，妳看了嗎？」

「我昨天上日班，錄起來了。」

佳代一面整理病歷，一面豎耳聆聽兩人的對話。警察首長要從東京過來，還有律師在幫

○

松本郁子打官司，這些都是她初次耳聞。不過她知道，最近電視和雜誌都將西湖署的違法偵查八卦式地大加渲染報導，社會輿論對西湖署的批判愈來愈強烈。

「請問，警方高層要來視察，預定是什麼時候？」

佳代忍不住問正要離開的護理師們。

「不清楚吔，行程好像已經決定了，只是聽說基於維安考量什麼的，還沒有通知我們的樣子。」

護理師匆匆告訴她。她們離開後，同班的梓進來了。

「欸，小梓，之前那影片後來怎麼了？」房間裡別無他人，但佳代還是小聲問。

梓納悶了一下，隨即想了起來，一樣小小聲說：「我還沒有告訴別人。重新再看，也像是來探訪的人拍的而已，而且似乎沒有我以外的人發現，後來觀看次數也沒有增加。」

接著她聲音壓得更低，說：「對了，因為是佳代姊我才跟妳說，之前跟我男友一起拍YouTube的朋友，有一個之前好像轉賣贓車零件被抓了。當然，我男友跟這件事無關。所以我覺得最好不要因為那種影片，害我男友被警察找上。」她的表情變得陰沉。

佳代已經請梓將影片傳送給她。她在家裡反覆觀看，但怎麼看都只像是訪客拍好玩的。

佳代整理好病歷，向梓說了聲「那我先下班了」，前往更衣室。她在更衣室的盥洗間化了淡妝。

從後門走出停車場，眼前站著一個年約國中生的女生。佳代以為是走錯門的訪客，叫住女生，但看到轉過頭的她，嚇了一跳。

「三葉？」

是總是幫她艾炙的班長服部的孫女。不過最後一次看到她的時候，還是個揹著書包的小學生，因此看到那留著栗色長髮的模樣，佳代仍半信半疑。

「妳是三葉吧？」

佳代探頭細看，三葉點點頭說「對」。

「哎呀，好久不見了。妳還記得我嗎？妳來找阿嬤嗎？啊，妳變得好可愛喔，好像偶像明星。」

也因為懷念，佳代一頭熱地說個不停。三葉好像也還記得佳代，老成地寒暄說：「阿姨，好久不見。」

「三葉，妳現在幾年級了？」

「國二。」

「啊，真的變得好可愛。啊，對了，妳在當雜誌模特兒對吧？我有聽妳阿嬤說，說妳在湖畔購物中心被東京來的攝影師相中。」

「那已經是很久以前的事了。是我小六的時候。」

雖然嘴上這麼說，但三葉似乎仍十分引以為傲，撥起那頭栗色長髮的姿態，完全就是個小模特兒，令佳代莞爾。

「……我現在已經沒在做那類活動了。」

「活動？」佳代不懂意思，反問道。

「我已經不做那種一次性的模特兒工作了。現在在為正式出道做準備。」三葉解釋。

「正式出道？妳要當藝人了？」佳代問。

「差不多。我現在在上大阪演藝經紀公司的遠距研習課程。」

「這樣啊？好厲害喔。那以後妳會上電視唱歌嗎？」

「會吧。」

佳代完全外行的問題，似乎讓三葉很傻眼。

佳代切換話題，問了一下，三葉果然是在這裡等服部，兩人等一下要一起去補習班諮詢課程。

「我幫妳叫服部姊。她可能被人叫住談事情。」

佳代快步返回建築物。她走向工作人員室，剛好似乎巡房結束的服部走了過來。

「三葉在外面等妳喔。」佳代出聲。

「已經來了？竹本阿公吐了，所以有點忙亂。」

不知為何，服部一臉驚訝，手上的檔案差點掉了。

「對了，是今天，我都忘了。」

看起來有點心虛，但佳代還是改變話題說：「好久沒看到三葉，我嚇了一跳。她變得好可愛呢。」

「我也不曉得，不過她在學校好像也很受男生歡迎，讓她不可一世起來了，說什麼『我已經有鐵粉了』。」

服部皺眉說，但還是顯得很開心。

「三葉說她要當藝人？」

佳代想起這事問了一下，服部似乎也很支持，說：「對啊，不過我覺得應該沒那麼容易吧。」表情轉為擔憂。

「她那麼可愛，一定可以成功啦。」

「是嗎？不過我真的希望她功課加油一點。」

佳代向正在換衣服的服部道別，先離開了。再次前往停車場時，三葉已經不見了。

佳代上了車，做了個深呼吸，再次看了那段影片。鏡頭慢慢地靠近建在山丘上的楓園。

○

圭介從桌上堆積如山的文件裡挖出另一份檔案。空調似乎有點問題，刑事課裡充滿了霉臭與汗臭味。

「又叫你弄？」

突然被搭話，轉過頭去，似乎又被上頭找去的部長竹脇站在那裡，抹著額頭的汗。

「……那是松本郁子的檔案吧？不是都已經交出去了嗎？」

嫌犯筆錄、任意提出書、留置書、現場勘察書、答覆書、證人筆錄、扣押物清單……實際上，堆在桌上的文件，都是圭介花了好幾天、好幾個小時填寫的文件資料。竹脇拿起其中一冊，隨手翻閱，結果直接丟了回來。

「……是伊佐美叫你弄的嗎？」

圭介猶豫了一下，最後含糊其詞。

「……噯，好吧。既然他叫你弄，就試試看吧。什麼都好，總之得在這次長官視察前找到偵查方向，報告上去，否則西湖署真的要完蛋了。」

也許是說出口便感到氣憤，竹脇咂了一下舌頭。

「……不過，這房間真是臭。喂，開個窗吧！」

聽到竹脇的命令，窗邊的刑警們連忙到處開窗。但敞開的窗戶也沒有風吹進來，署內混濁的空氣依舊。

「那個，」這時，生活安全課的女警走了進來，當眾報告：「櫃臺有位民眾，說有關於楓園的案子的事想說。」

首先反應的是剛好從女警背後回到辦公室的伊佐美，他問：「是誰？」

「好像是楓園的照服員，她說想要見承辦人。」

伊佐美歪著頭望過來，但圭介也想不到會是誰。

「總之去看看吧。」

竹脇催促地說，但伊佐美似乎也和圭介一樣，覺得不可能這時候還會有什麼線報，想要推給圭介，說「你去——」，但又回心轉意：「不，好吧，我也一起去。」不甚情願地離開辦公室。圭介也跟上去。

屋齡很老的西湖署，階梯是石造的，大理石扶手摸上去冰冰涼涼。下樓後的一樓就是服務櫃臺。交通課的櫃臺擠滿了來申請工程相關許可的業者，吵吵鬧鬧，但再過去就一片空蕩蕩，自動販賣機旁邊站著一名女子。

就是這時，圭介停下了腳步。伊佐美沒注意到圭介停步，隔階跳下樓梯。正在看窗外的女子注意到圭介和伊佐美。

果然是那女人，佳代。

圭介也衝下樓梯。情急之下，他覺得必須搶先伊佐美才行，卻不巧差點撞上正要上樓的女警。

先下樓的伊佐美已經要去到佳代面前了。

「學長！」

圭介忍不住出聲。伊佐美回頭，但沒有理他，開口問佳代：

「妳是楓園的工作人員是嗎？有事情要跟我們說？」

圭介跑進兩人中間。伊佐美露骨地推開差點撞上來的圭介。

「……妳有什麼事要跟我們說？」

伊佐美再問了一次，佳代微微點頭，看向圭介。

「……是什麼事？」

伊佐美無視圭介，繼續發問。佳代目不轉睛地看著圭介。

「啊，對了，偵訊的時候是他問話的嘛。」

伊佐美似乎也注意到佳代的視線，自我介紹說：「我是同一個案子的承辦人，敝姓伊佐美。」

「那個，我有樣東西想給你們看……」

佳代才剛開口，在櫃臺申請路權的工人卻偏在這時候插進圭介等人之間，站到自動販賣機前。
圭介等三人莫名地，等待著那名工人買完無糖紅茶。剛投進去的百圓硬幣掉回退幣孔，工人歪著頭重新投幣。
工人離開自動販賣機後，伊佐美總算問：「咦？不好意思……妳剛才說什麼？」
佳代慌忙從皮包裡取出手機，但弄了老半天還搞不定，手指還發起抖來。
好不容易轉向這裡的螢幕上播出的，是鏡頭逐漸走近建在山丘上的楓園的影片。
鏡頭就這樣繞到建築物後方，進入逃生門，結束在這裡。
「我在看其他YouTube影片時偶然看到的。我覺得跟市島先生的案子應該無關，可是影片結束的地方，剛好是市島先生住的一〇八號室……」
聽著佳代的說明，圭介放下心中大石，腿都快軟掉了。看到佳代的瞬間，他下意識地警戒起來，以為她是要來告自己的狀。
圭介和伊佐美一起連續看了兩次不到一分鐘的影片，但這與其說是凶手在作案前拍下的影片，更像是訪客拍好玩的。
「不過，或許還是值得追查一下。」

聽到伊佐美這麼說，佳代遞出一張便條紙。上面寫著影片的網址。

「……那我回去樓上，讓其他人看看這段影片。你再向這位小姐問得更仔細一點。」伊佐美接過便條，跑上樓去。

剩下兩人獨處後，圭介再次看向佳代。

佳代低著頭，不肯抬起。

「妳怎麼突然跑來？」圭介小聲斥責。

「對不起。可是我擔心或許和案子有關……」

「可是還是可以傳個訊息什麼的，先跟我說一聲吧？」

說著說著，圭介也平靜下來了。他推了一下佳代的肩膀，叫她跟上來，上去二樓。走廊上的偵訊室都是空的。圭介讓佳代進去最裡面的房間，關上房門。

「妳不是真心以為那種影片跟案子有關吧？」

圭介一關門便說。佳代想要反駁，但立刻又抿唇不語。

「……噯，好吧，妳坐那裡。」圭介粗魯地說。

他推搡站著不動的佳代，硬要她坐下。他繞到前面，自己也坐下，上半身探到小桌上，伸頭看佳代低垂的臉。接著就這樣沉默不語。

不知道過了多久？佳代似乎終於承受不住那不客氣的視線，小聲抗議：「請你……請你說點什麼。」

但圭介還是不開口。

「……我是鼓起勇氣……才過來這裡的。」

佳代聲音抖得很厲害。

「那我問妳，妳想要我說什麼？」

圭介一字一頓地問。似乎陷入混亂的佳代「咦？」了一聲，就這樣說不出話來。

「不是吧？妳不是想要我說什麼，是妳有話想跟我說吧？」

佳代的混亂，圭介瞭若指掌。

「……妳有話想跟我說吧？妳就是要來跟我說那些的吧？」

「為什麼……為什麼你總是要說得那麼過分？」

「不對。妳不是要來跟我說這個。妳是覺得那段影片對我們的偵查有幫助，才會過來的吧？」

這話讓佳代肩膀的緊張稍微放鬆了些。

圭介將手伸向佳代的胸口，解開襯衫第二顆鈕釦。只有胸口開了個口，露出白皙的肌膚。

佳代用力咬住下唇，卻沒有反抗。

「……很爽吧？」圭介問。「像這樣在我面前動彈不得。我叫妳去湖邊時，妳也乖乖去了……這裡就是妳的歸宿。」

再解開一顆釦子。最上面的釦子還扣著，因此乳房愈顯憋屈。

「湖畔購物中心那個是你太太嗎？」

佳代伸手按住敞開的胸口，卻沒有扣上鈕釦。

「是我太太又怎樣？」

「那就請你不要再做這種事了。」

「叫我不要做？這太奇怪了。妳不要來就好了啊。不管是湖邊還是這裡，都不要來就得了。」

佳代突然站起來，想要扣上鈕釦。掛在手腕上的皮包晃得很厲害，讓她遲遲捏不住釦子。

「就這樣別動。」圭介命令。

佳代竟也順從地停下動作。

圭介掏出手機，將鏡頭轉向佳代。佳代似乎連接下來會發生什麼事都無法判斷了，只是任由胸口敞開，呆在那裡。

圭介拍下她那副模樣。冷冰冰的快門聲讓佳代突然回神，她用皮包遮住胸口，就要離開房間。

圭介抓住她的手腕，粗魯地吻她。這是個漫長的吻。

第四章　滿州的丹頂鶴

「秋野阿嬤，忍耐一下喔……對不起對不起，會痛嗎？」

佳代抱起失能病患，撐起上半身。掛在佳代脖子上的秋野昌子的雙臂骨瘦如柴，冰冷的皮膚滑過後頸。

「對不起啊，在這麼晚的時間弄這個。可是再一下就好了。換掉床單就舒服多了。」

床鋪另一邊，班長服部動作俐落地抽掉髒掉的床單。原本床單的更換方式，是讓病患身體左右翻轉進行，但只有對秋野，採取讓佳代抱起來的方法。單純是因為秋野如此希望，知道是換床單，她就會主動將細瘦的雙臂伸向佳代。

佳代彎身，箍住秋野單薄的背部。秋野就像將自己全部獻出去，依偎在佳代身上。那重量讓人感到全副的信賴，如同小孩子從圍牆上撲進父母的懷抱裡。

自從投入這份工作後，佳代不是從知識，而是以肉體明確地理解到什麼叫做「委身」。

要委身於他人，需要覺悟。需要相信對方的覺悟。需要接納對方的覺悟。當然，這個對方不僅是佳代她們這樣的工作人員。入住這間護理之家的老人們，就和接納佳代這些工作人員一樣，也有了接納自己死亡的覺悟，逐漸變成這間護理之家真正的住民。

換完被單，梳好秋野的頭髮後，佳代熄掉房間電燈。進入短暫的休息時間，佳代將帶來的生薑茶倒進杯裡，看著漆黑的窗外。孤零零地亮著的路燈，照亮空曠的停車場柏油路上的P字。這時，響起收到訊息的鈴聲。已經晚上十一點多了。

『什麼時候可以見面？』

是圭介傳來的。佳代立刻將手機收進口袋裡。自從去了西湖署後，這是第一次收到他的訊息。

後來已經過了三天。她喝起薑茶，想要忘掉這件事。但喝著喝著，又想到或許是為了討論影片的事。

結果佳代回覆了。她說今天大夜上到凌晨五點，中午過後她可以去西湖署。

回信是他會在五點過後，在以前叫她過去的湖岸等她。

佳代不回覆了。相反地，她又耽溺於平時的幻想。

是她還小的時候，祖母告訴她的天狗傳說。某天，村子裡的少女遭遇了神隱。村人拚命尋找，少女仍下落不明。這時，少女在森林中醒來了。在暮色籠罩的森林裡，少女被抱在某個疾奔的人懷裡。那雙臂膀十分粗壯，柔軟極了，她整個人就像被包裹住一般。但天色太暗，看不見那個人的臉。

「你是誰？」

少女問，那人忽然停步。

「我是天狗。」

那人說，再次在森林裡發足疾奔。被天狗帶走的少女就是佳代。佳代知道接下來自己會怎麼樣、會被天狗做什麼。不，她明明不知道，卻知道會被怎麼樣。

天狗不停地跑。以甚至看不見景色的速度跑過森林。狼群緊追在後，想要分一杯羹。

「其實啊，天狗這東西，不是妖怪，也不是怪物。」

祖母的話忽然響起。

「是修驗道的修行者山伏，歷經嚴格的修行，最後變成了可怕的容貌。天狗沒什麼好怕的，所以佳代也安心睡吧。」

年幼的佳代睜開眼睛。祖母的手溫柔地摩挲佳代小巧的肚子。

「人家想要可怕的天狗！天家想要被可怕的天狗抓走！」

瞬間，佳代彷彿聽見自己的叫喊，摀住了嘴巴。幸好休息室並未留下自己的餘音，但她忍不住跑去走廊探頭查看。

我不可能去，我不可能去。心中如此喃喃著抵達的湖畔，籠罩著濃濃的朝霧。對岸山峰微微亮起，照亮湖面的霧。

停在那裡的車子不見圭介的身影。佳代停車，沒有離開駕駛座。她感覺到下大夜後的甜蜜睡意和疲勞，卻還是跑來這種地方，她已經不想再思考自己為何這麼做了。

忽然有人敲窗，佳代抬起頭來。之前不知道躲在哪裡，圭介就站在車門外。他似乎也剛下大夜，臉頰上冒出鬍渣。圭介進了副駕。狹窄的車內聞得到他的汗味。

「閉上眼睛。」

聲音聽起來有點疲倦。甜蜜的疲勞感亦讓佳代毫不抵抗，閉上眼睛。忽地，汗味變濃，下一秒鐘，有什麼罩住了眼睛。是絲絹般冰涼的觸感。視野徹底被剝奪後，就只留下了汗味。

奇妙的是，她絲毫不感到懼怕。

「妳什麼都願意做？」

聽到耳邊的細語聲，佳代點點頭。她已經不去想自己在對什麼點頭了。相反地，奇妙的話浮現心頭。

我會照你說的做。我什麼都會做。

在心中如此反覆說著，不知為何，身體變得輕盈。

「脫光。」

刑警接下來這句話，佳代不感到驚訝。她順從地解開鈕釦，脫掉內衣褲。心情安詳，卻不知為何狂冒汗。

這時，她聽見有人按下錄影鍵。瞬間身體緊繃了一下，但她覺得既然眼睛被矇住，那就沒關係了。不過一樣汗如泉湧。脖子、肩膀、乳房，她一清二楚地感覺到鏡頭對著哪裡。然後只有那個部位燙了起來。

「我在錄影。」

聽到圭介的話，佳代點點頭。

「……把眼罩拿下來。」

被如此命令，身體微微痙攣了一下。是她從未感受過的恐懼。佳代等待下一句話。除此之外，她什麼都不能做。但不管再怎麼等，圭介都不肯出聲。他沒有放過她，說不願意就算了，卻也沒有粗魯地扯下眼罩。就只是默默地逼迫：做決定的是妳。

「……妳應該要立下覺悟了。」

不知道究竟過了多久，總算聽到圭介的聲音，佳代在眼罩底下睜開眼睛。布料另一頭很明亮。太陽似乎又升起了一些。拿下眼罩意味著什麼，只是稍微一想，佳代便全身顫抖不已。

「……妳不相信我？」

聽到刑警的話，佳代搖頭。

「……既然相信，妳應該做得到。妳已經是我的了。從妳的每一根頭髮到腳尖。既然如此，妳立下覺悟吧。」

佳代思考覺悟意味著什麼。她想到的，是看到這段影片的楓園同事的表情。是高中朋友們的表情。最關鍵的是，父親和鄰居們的表情。

刑警不是在叫我拿下眼罩。是在叫我立下覺悟。叫我拋棄過去所有的生活。

丟掉妳過去的人生、妳扛起的一切。將妳的人生，妳肩上的一切，統統交給我。

愈是理解覺悟的意義，不知為何，全身便愈是顫慄不已。就彷彿自己變成了連眼睛都還沒有睜開的奶貓，被人用舌頭舔舐全身。

佳代伸手抓住眼罩。汗溼的腋下曝露在空氣中，一陣寒顫。

要是拿下來，我就真的完了……。這輩子只能任他予取予求了。

想到這裡的瞬間，她知道身體的芯像水果一樣熟爛了。眼罩落下。擋風玻璃另一頭，是明亮的對岸群山。

「妳叫什麼名字？」

依舊矇矓的視野中，響起圭介的問話。佳代忍不住想要遮住胸部，但她的手立刻被挪開了。

「……妳叫什麼名字？」

圭介再次緩慢地重複。

「豐田、佳代。」

佳代說出自己的名字。

話一出口，自己整個變成了純白。就彷彿一切所有的感情都消失了。明明沒有感情，卻感覺到性興奮。興奮到令人羞恥。當然，她理智明白。明白自己絕對會後悔。明白這段影片永遠無法刪除了。但明明清楚，卻覺得好似得到了解脫。讓人生終結了。一想到這裡，儘管一方面駭懼，另一方面，卻也強烈地感覺自己似乎一直如此冀望著。

佳代照著圭介的命令，說出住址。然後照著他的命令，在鏡頭前自己撫摸溼到令人羞恥的私處。

佳代說著自己的名字，一邊自慰。光是想到這樣的影片會留在他的手中，佳代的身體又因為恐懼和一絲喜悅而顫抖。

將自己的一切交給他。

將自己的尊嚴和全副人生交給他。

光是這麼想，佳代便覺得自己被緊緊地擁抱住。

實際上對方連一根指頭都沒有碰她，她卻覺得被強烈地擁抱住，幾乎動彈不得。

然後她清楚，這份悅樂只存在於當下，她被放回家以後，一定會被鋪天蓋地的後悔給壓垮。即使如此，佳代卻無法自己地對著鏡頭說出姓名。她無法停止像個蕩婦，主動張開私處，道歉並懇求：「請原諒我，原諒我變成這種女人。」

對岸的山地，看起來就像在凍寒中蹲踞的動物。

盡情玩弄之後，圭介將佳代拉到樹蔭處，把她丟出去似的推倒在地。泥土冰冷極了，佳代一陣哆嗦。

圭介粗魯地脫掉衣物，覆蓋上來。

小樹枝扎進背部。圭介的胸膛壓扁了乳房，灼燙極了。

「對不起，原諒我變成這種女人。原諒我。」

佳代愈是道歉，圭介的陽具就愈堅硬。

「在男人面前露出那種表情，妳丟不丟人啊？」

「被搞成這樣，很慘對吧？」

「妳真是賤透了。」

「淫蕩成妳這樣的女人，根本不配當人。」

彼此磨擦的性器官、腰骨、大腿，宛如體液般逐漸融化。

「從此以後，妳的事全部由我決定。妳只要想著讓我上就夠了。妳活著就是為了讓我上。」

○

「這可不是什麼幸好沒受重傷就可以帶過的問題！」

時隔數天，剛走進編輯部，池田就聽見小林尖銳的怒吼聲。從對話的內容，他立刻聽出是在為自己的遭遇向渡邊總編抗議。

「不，這我明白。所以往後的事，要問本人的意思……」也聽到渡邊這麼說。

「有什麼必要問他！才剛開始採訪，什麼都還沒查到，池田就被不知道是黑道還是什麼人開車擄走，丟進神田川裡吔！幕後黑手的情報網肯定就像天羅地網！要是摔個不好，池田搞不好已經沒命了！事關員工的性命啊！應該立刻從那起藥害事件收手，總之先把池田調開！」

池田雖然進了編輯部，卻尷尬萬分，偷偷摸摸地走到自己的辦公桌。幸好被推落河裡的擦傷已經痊癒了。而且這些擦傷，也是在路人扶助下從河裡爬出來時造成的，被推落河裡，只弄溼了全身，可說是毫髮無傷。

爬上岸後，池田被似乎有人叫來的救護車載走，公司也接到了通知，引發了一陣混亂。

渡邊總編立刻趕來，叫他暫時休息，池田乖乖照辦，今天是休假完第一天上班。

池田聽著小林的抗議，檢查電子郵件。小林為他擔心，他由衷感激，但老實說，這可以說是他成為記者以來，第一次對自己經手的題材湧出興趣。

被人丟進河裡這種戲劇性的遭遇固然也是原因之一，但最重要的是，隔天早上西湖署退休刑警河井傳來的藥害事件當時的偵查資料裡，有著令人意外的內容。

休假這幾天，池田私下調查了這份資料的內容。今天他也是為了報告結果，才會比預定提早一天收假上班。

見小林和渡邊的對話即將告一段落，池田帶著資料去找兩人。兩人似乎沒想到他在，嚇了一跳，但池田不待兩人開口，便搶先遞出資料說：「那個，可以讓我去中國一趟嗎？去舊滿州那裡。」

也因為過於唐突，渡邊反射性地接下資料，然後猛一回神似的重新看向池田：「你已經沒事了嗎？」

「是的，我沒事了。」

池田輕鬆地說，一旁的小林插口：「什麼沒事，怎麼可能沒事？」但她似乎也是個天生的記者，同時望向池田遞出來的資料。

「……這是藥害事件當時西湖署的偵查資料一部分。請看一下用螢光筆標記的地方。」

池田自顧自地說起來。

「欸，就說你不用再追這個案子了。」小林嘴上說著，臉已經湊上資料了。

偵查資料上寫著如下的內容：當時西湖署的搜查本部甚至得到了宮森勳和藥廠MMO之間的詳細通訊內容及會議紀錄。這是證明兩者明知道血液製劑會造成病患嚴重的副作用，卻顯然故意不中止臨床試驗的確鑿證據。

但是警方即將向相關人士問案時，政府方面透過警視廳，指示本案不成立。指示不成案的主使者，就是時任厚生大臣[1]的西木田一郎。西木田一郎接受來自MMO的大筆政治獻金。

「簡而言之，原本猜測八成是如此的案件背景，由於這份當時的資料，證實了果然如同猜測。」

池田說完，接著說道：

「然後，我趁著這幾天休假，調查了一下當時明知道這種血液製劑有嚴重的副作用，仍大力推動臨床試驗的宮森動醫師的背景，發現宮森勳出生在舊滿州，他的父親和戰後撤出舊滿州後開業的澀井會醫院的成立有關。」

「父子兩代都是澀井會醫院的醫師，這並不奇怪吧？」小林插口。

「沒錯，不過我查了一下另一個登場人物，西木田一郎這個民意代表，發現他是段田信彥的兒子。」

「段田？那誰啊？」這回換成渡邊催促。

「段田信彥是舊長州藩士段田四郎的孫子，戰前原本是大藏省官員，調任滿州中央銀行。戰後從滿州撤退後，甚至當到第八銀行的總裁，是金融界的人。父子姓氏不同，是因為西木田從母姓。」

「是因為離婚嗎？」

「不是。」

1　譯注：厚生大臣為厚生省首長。厚生省為主管社會福利及衛生的中央機關，於二〇〇一年與勞動省統合改組為厚生勞動省。

「那麼，就是用父姓段田，會不利於從政是嗎？」這回小林拿起了資料。

「你去了中國舊滿州，就能知道為什麼不利了嗎？」渡邊又催問。

「不，還不確定。」池田老實回答。「不過，這次的相關人士，確實都與舊滿州有關。」

「光憑這樣的臆測，公司可不會給你出差費。」

渡邊從小林手中搶過資料。

「是，這我當然明白。所以我也趁這段休假，拚命調查了一下，宮森勳和他的父親——澀井會的會長，還有段田信彥、西木田一郎這對父子之間，過去有沒有什麼關聯，然而卻完全找不到戰前的任何紀錄，乾淨到令人咋舌。這些人資歷如此傲人，找遍資料，卻都只能看到戰後亮眼的活躍事蹟。正當我走投無路時，忽然靈光乍現……我之前也提到過，就是以前在舊琵琶湖飯店的特別展示室看到的照片。那是晚宴的照片，影中人有段田信彥、澀井會的會長，還有另一個案子中，在楓園過世的市島民男和他太太。所以我查了一下市島民男這邊，結果找到了讓人有些好奇的東西。我認為不是政治人物，也不是醫療法人代表或金融界人士，而是戰後進入京都大學研究室的市島民男，他的過去應該不至於被抹消，保留下來。」

池田將一直留在手上的最後一份資料遞給兩人。看到上面的三個數字，兩人忍不住驚呼：「咦？」

機體大大地搖晃，池田拉起從肩膀滑落的毯子。在狹小的座位重新坐好，準備再次入睡的時候，機體劇烈一跳。結束約三小時航程的飛機在哈爾濱太平國際機場降落了。才下午五點多，窗外已是一片黑，跑道上的燈光像星光般流過。

航廈比想像中的更小巧。機體完全停止後，看見窗外站著穿得圓滾滾的年輕機場職員們，正互踢屁股嬉鬧。旅遊書上說，這個時期，入夜後氣溫就會降至零下。細一看，打鬧的職員們呼吸都已經是白色了。

通過入境審查和海關，去到戶外，雖然不到凍寒的程度，但脖子很冷。航廈前也沒有巴士或計程車在排隊，若要說的話，比較像小型渡輪乘船處，加上天色已經全暗了，比起降落在大陸，感覺更像來到了大海前。

停在馬路對面的暗紅色廂型車走下一個人，似乎是這次委託口譯兼司機的蔣，他用手勢表示要將車開過去，請池田在原地等待。

池田上了開過來的車子副駕駛座，向蔣打招呼。蔣的日語很流利，說是以前在名古屋的公司工作過十年以上。蔣似乎不是個健談的人，車子裡很快就安靜下來了。雖是平凡的高速公路風景，但池田還是欣賞著這片異國景色。掛有像是政治標語的巨大看板，打上明亮到有些誇張的燈光。

沒有遇上塞車，進入哈爾濱市街，看見林立的高樓公寓群。看起來似乎都已經完工了，但亮著燈的窗戶極端稀少，也許多是以投資為目的的房子。

「和熊谷教授約好的時間還有一陣子，要先去飯店辦入住嗎？」

蔣問道，池田看了一下時間。和歷史學者熊谷依子教授的約會，定在她要出席的學術研討會聯誼會之後。

「……熊谷教授的大學距離飯店有點遠。雖然也可以先去飯店，但辦好入住手續立刻就得出發了。」

蔣建議直接前往大學，先在哈爾濱最熱鬧的中央大街吃過飯再赴約。

池田贊成這個方案。蔣問他想吃什麼，池田說「都可以」，蔣便說「那就吃這裡最有名的俄國菜吧」。

車子駛近中央大街，氛圍為之一變。成群觀光客穿梭在塞車的車龍間行走。簡直就像走進了遊樂園。路上的行人手上拿的，似乎是山楂冰糖葫蘆和串烤。

旅遊書上說，這條中央大街是一九〇〇年代初期，由帝俄打下基礎的商業地區，現在仍保留著許多當時的建築物。

池田下車後，仰望著形似楊柳的優美行道樹，對蔣說：「人好多喔。」蔣說：「週末更可怕。」

大道上完全是擠沙丁魚狀態，但各人還是眼尖地找到各自的目的地，遇到據說是哈爾濱名產的冰淇淋店，就會出現分開人潮的人流。

「有很多漂亮的女生呢。」池田說。這是他真心的感想。

「中國各地的美女排行，哈爾濱每年都拿第一。」

似乎是哈爾濱人的蔣有些自豪地說。

池田盯著擦身而過的女人們。白皙的臉蛋被凍得微紅，也許是經歷過隆冬零下二十度的嚴寒，她們的眼神看起來有些高冷。

蔣帶池田去的，是也名列旅遊書的知名俄國餐廳。由於離晚餐時間還有一陣子，幸好不用等很久就有座位了。吊著巨大水晶燈的店內是羅曼諾夫王朝風格，高貴地點綴著白牆與天花板的金色裝飾，與客人帶來的小孩四處奔跑的吵鬧餐區格格不入，營造出一種田園氣息。

雖然是和初會的中年男子兩個人吃飯，但池田奇妙地樂在其中。對於接下來將要從熊谷教授那裡聽到的內容，他再次做好了心理準備。

離開餐廳，前往熊谷教授現在正在進行共同研究的龍江大學時，下起了寒雨。抵達的大學正門已經關上，池田請警衛室聯絡後被放行了。

「三號大樓離這裡很遠，傘回去的時候再還給我就行了。」好心的警衛借了塑膠傘給他們。雨已經正式下了起來，撐傘的手指被打溼，冰到幾乎要斷裂。

跑進三號大樓，連室內的螢光燈都讓人感覺溫暖。池田對著潮溼凍僵的指頭呵氣。熊谷教授在二樓的小教授室等他。雙方已經用Skype通話過幾次，所以認得，不過熊谷教授本人比起大學教授，氣質更像附近便當店的大嬸。

熊谷問他吃過晚飯了嗎？池田說已經在中央大街吃過俄國菜，她便將肉包放進微波爐說：「那不好意思，讓我邊吃邊說吧。」

「我聽說聯誼會是自助式，本來想在那裡吃的，可是遇到一堆人寒暄打招呼，結果什麼都沒吃到。」
熊谷一手拿肉包，另一手操作電腦。
「那邊坐，我把螢幕轉過去。」
池田在小椅子坐下來。
「啊，對了。那邊的紅茶自己喝。」
電熱爐上放著還冒著蒸氣的玻璃壺。正覺口渴的池田不客氣地用旁邊的紙杯倒了紅茶。
電腦螢幕上開始播放的影像畫質粗糙，但似乎是將當時的膠卷影片加工處理而成，影像和聲音都很清晰。
池田喝了一口熱紅茶，探出上半身看影片。首先播放的，是據說最近在俄國找到的伯力審判的紀錄影像。伯力審判是針對舊日本軍第七三一部隊在戰時於哈爾濱進行的人體實驗的軍事審判。
影片似乎是當時擔任細菌製造課課長的軍醫少佐在軍事審判中的作證錄影。那是個眼睛細小、理平頭的男子，影像中，男子神經質地頻頻眨眼。
（你參加了人體實驗嗎？）

俄語的提問之後，軍醫少佐作證說：

「是，我參加了兩次。我參加了安達演習場的實驗。那是炭疽菌的實驗，應該是昭和十八年底的事。當時有大約十人被帶到實驗場，接著設置要讓他們受傷的破片彈，從遠方以電力引爆。結果用來實驗的人有一部分受傷了。後來根據報告，受了這些傷的人都得了炭疽病死了。」

（全都死了嗎？）

「受傷的人都死了。」

軍醫少佐的語氣很鎮定。但這是關乎自身生死的審判。那聲音愈是冷靜，聽在池田耳裡，愈像是迫切求生的人活生生的肉聲。

影像在這時忽然一陣紊亂，一段像是連接膠卷般的影像後，熊谷調高音量，提醒：「下一名被告提到市島民男的名字。」

池田又啜了一口紅茶。

最初作證的，是一個戴圓框眼鏡的光頭男子。軍銜和上一個人一樣，是軍醫少佐，但他聲稱自己在七三一部隊的任務內容不同。

（你參與的是什麼樣的人體實驗？）

「是，我們參加的實驗，是梅毒的研究。性病氾濫，在陸軍內部也是嚴重的問題。我們得到的任務，是找出梅毒的治療方法。」

（你是負責人嗎？）

「不是，我在同一課的課長市島民男底下工作。」

（那個市島民男現在在哪裡？）

「應該已經回去日本了，但他後來的消息，我不知道。」

（請繼續。）

「好的，我繼續。關於梅毒的研究步驟，當初是帶來女圓木——在部隊，都將用來實驗的人稱為圓木。以注射方式讓女圓木感染梅毒，但後來改採強制讓女圓木和感染梅毒的人性交的方式。我們也在同一個房間觀看性交行為，不過會穿白袍，戴白色口罩參加。圓木感染梅毒後，我們會詳細記錄疾病的進程。不只是性器官的變形等等，病況嚴重之後，就會進行活體實驗，檢查梅毒對內臟器官的影響。」

男子平淡地作證。那雙眼睛毫無生氣。看起來像是與生俱來的，也像是在人生當中的某處失去了神采。

影像進入下一名被告。池田只是專注地盯著螢幕。膠卷影像突然亂掉，畫面變得一片漆黑。那畫面倒映出自己的臉良久。

如果沒有在舊琵琶湖飯店的特別展示室看到那張照片，市島民男這個名字應該就不會牽扯上池田現在正在追查的藥害事件。即將成為下屆日本醫師協會會長的宮森勳、藥廠ＭＭＯ、澀井會醫院，以及利用公權力壓下這三者犯罪的民意代表西木田一郎。這些事件登場人物究竟是以什麼樣的形式連繫在一起，池田將永遠不會得知。

楓園命案的被害人市島民男，是七三一部隊的倖存者。那麼，在舊滿州與市島民男認識的澀井會醫院的創辦人，還有西木田一郎的父親段田信彥，以某種形式和七三一部隊有關的可能性也提高了。

藥害事件發生時，他們拚命想要壓下來的，不光是血液製劑帶來的副作用而已，還有他們是七三一部隊倖存者的事實。

在飯店醒來的隔天早上，東京的小林打了他的手機。

小林轉達剛才市島民男的女兒市島小百合聯絡了編輯部，說那位高雅的老夫人松江有話要和池田說，若他有機會過去附近，請務必來一趟。

「是和案子有關的事嗎？」池田問。

「不清楚，聽起來不怎麼急迫。說如果有時間，隨時都可以過去。你還是老樣子啊，很得採訪對象的喜歡，我想說趁還沒忘記的時候跟你說一聲。」

池田從窗戶望著大都會哈爾濱的街景，聽著小林的聲音。仔細想想，松江和市島民男以前在這裡生活過。

○

腳步聲從抱膝坐在拘留室堅硬地板的佳代耳中遠離。

她以為會被叫去偵訊，可是從上午就一直等待的承辦人，只向她說明若需要內衣褲或其他物品，可以用買的。

佳代雖然感到落空，但還是買了內褲和毛巾。發下來的盥洗器具裡面也有毛巾，但她不想用一條毛巾擦遍全身。

佳代在楓園的小睡室翻了個身。向來的幻想又開始了。

眼前是米白色牆壁，油漆斑駁，呈鱗片狀浮起。用指甲摳起來。米白色的鱗片從牆壁剝落，很好玩。

佳代是在情色小說和部落格當中拚命尋找性癖好與自己相同的人的時期，得知Imiule這個影片分享網站的。

不管讀再多描寫倒錯行為的情色小說、看再多描述捆綁之美的部落格，那裡都沒有自己。想要找到追求更低賤、更骯髒、更偏激的事物的人。那一定就是自己這副模樣。

不知不覺間，在家不用說，就連在上班休息時間，有時候她都會用手機在網海中尋找。就在這時候，她找到了這個影片分享網站。似乎是類似推特或ＩＧ的服務，但對色情表現的規範很寬鬆，全世界的人都在這裡上傳那類猥褻的照片和影片。

那裡有人用「無限」這個網名上傳影音文字。

無限在上面書寫他所飼養的、命名為「蜜」的女人的飼養日記，上傳紀錄每日調教的照片和影片。

佳代第一個看到的是這樣的貼文：

蜜完全陷落了w　她好像終於想要亮相了。想要將個人資料什麼的全部公諸於世，讓人生完蛋。而且我已經幫她刺青了，她確定再也沒辦法回歸正常社會了。我問她，妳想放棄當人，一輩子當我的玩物嗎？她喜極而泣地說是哩w

上面寫的，哪些是事實，哪些是虛構，佳代無從判斷。

這世上真的有懷抱著如此可悲願望的女人，真的有男人能夠滿足這種女人的願望嗎？不同的日子，佳代的答案也不同。有些日子，她覺得世上不可能有人這麼瘋狂。但實際公開的照片上，一清二楚地拍到高撇白皙臀部的女人的臉。

那麼，他們是真實存在的。否則不可能有如此真實的照片和描述，她轉念心想。與這條湖畔的馬路相連的某個城鎮，他們現在一定也正沉淪在自己的願望當中。

不知不覺間，佳代讀完了「無限」全部的貼文。

她完全成了他的俘虜，甚至屏息等待今天還是明天會不會有新的上傳？

被命名為蜜的女人，就是佳代自身。蜜所懇求的話，亦是佳代自身的話。

圭介賣關子地用領巾綁住佳代交疊的手腕。

圭介手指一勾，絲質領巾滑過肌膚，只是這樣，佳代便嗅到了馥郁的花香。

請綁得更緊一點。

求求您。

分享網站裡，蜜羞恥地貪婪懇求。

請從我身上奪走觸摸的歡喜。請讓我變成只能被您觸摸的身體。

佳代跪在圭介身前，閉上眼睛。

圭介的手掌覆住佳代的眼睛。眼底灼燙起來，好似直視了太陽。

請遮住我的眼睛。

求求您。

蜜扭動身體懇求。

請奪走我看見美麗事物的歡喜。請讓我只看著自己羞恥的模樣。

圭介為她戴上的皮革眼罩，散發出濃濃的皮革氣味。

視野被剝奪的瞬間，佳代看見了看不見的湖。夏季的湖面，光輝閃耀得連一輩子住在湖邊的佳代都不曾見過。

唯一自由的嘴巴，突然被圭介的手掌摀住了。

佳代慌忙呼吸。但不管怎麼吸氣，透過圭介的指間吸入的空氣都太少了。

漸漸難受起來。明明痛苦不堪，蜜的懇求聲卻又復甦了。

請摀住我的嘴巴。

請讓我什麼都不能說。請讓我只能聽您說話。

妳真是沒救了。賤透了。不惜做到這種地步，就只想要爽是嗎？既然如此，妳就給我更老實一點，給我壞掉得更徹底！

那是「無限」的聲音，還是圭介的聲音，都已經無關緊要了。佳代宛如在蜜的身邊，變成和她一樣被剝奪自由的女人，懇求著：請奪走我更多的自由，我什麼都願意做，我什麼都願意做。

蜜的眼神是絕望的。佳代嫉妒那絕望的眼神。她覺得尚未體會到絕望這種悅樂的自己，是怠惰到家的生物。

妳是怎樣的女人？用妳的嘴巴自己說出來。

摀住嘴巴的手鬆開，佳代在窒息前一刻活過來了。她激烈地震動肩膀呼吸。她分不出剛才那是圭介的聲音，還是「無限」的聲音。也不知道在這裡氣喘吁吁的是自己還是蜜。

妳想要公開所有的個人資料，讓人生完蛋吧？人生完蛋，會是怎樣的感覺？妳想像一下。每一天都只有快樂。不用工作、不用生活，沒有責任，也沒有義務，什麼都沒有，就只有快樂。那已經沒有活下去的價值了。跟成人商品店架上的玩具一樣。那已經不算人了。可是，妳就想要變成那樣嘛。妳想要那樣就好了嘛。這就是妳的幸福嘛。妳想要別人看著妳被奪走自由的模樣嘛。

幸福這個詞，讓佳代突然戒備起來。

才不可能，她想。

這種醜陋的願望，不可能是幸福的。只是愈是抗拒，腦中浮現的被丟進監獄、被剝奪人生的自己……看起來愈是無比地幸福。

幻想中，警官的腳步聲再次靠近。拘留所的佳代忍不住站了起來。

她等不及，將臉貼在柵欄隙縫間，看見兩名警官和姓伊佐美的刑警從走廊走過來。

他們的背後沒有圭介的人影，佳代大失所望。

「離開柵欄。」

站在柵欄前的警官命令，佳代連忙退到房間中央。

「現在要去偵訊室。」

走進拘留室的年輕員警為佳代上了手銬和腰繩，帶出走廊。

和另一名員警一起等待的伊佐美說：「稍微睡過了嗎？又要問很久喔。」佳代答不上來。

被推著背帶去的地方，是狹小的偵訊室。雖然小，但也有霧面玻璃窗，室內很明亮。白牆貼著這一帶的老地圖。

「坐這裡。」

員警解開腰繩，伊佐美替她拉椅子。

佳代依言坐下來。

「……今天就依照豐田小姐的要求，由濱中負責偵訊。所以就像妳來自首那天一樣，好好從頭再說一遍。」

伊佐美說完，房門打開，圭介進來了。

由於表情疲憊不堪，反而讓那雙眼睛顯得灼灼懾人。

佳代用力嚥了口口水。

伊佐美也沒有特別對圭介說什麼，離開房間。拘留所的兩名員警也跟著伊佐美離開。只剩下兩人獨處後，圭介將帶來的檔案砸也似的放到桌上。然後粗魯地拉開椅子，自己也坐下來。

「現在開始偵訊。供詞內容在法庭上……」

圭介面無表情地說到這裡，突然打住，筆直地盯著佳代的眼睛。

佳代立刻就想別開目光，卻被命令「看著我」。

一想到被圭介注視著，身體就緊繃起來。想要他快點說什麼。她覺得只要圭介開口，自己什麼都會做。

圭介笑了出來：

「沒有人想得到吧。妳跟我居然會在這種時候發情，是吧？」

圭介「砰」一聲闔上檔案，將臉湊上來：

「……其實妳很興奮對吧？看妳那張臉就知道了。妳想要現在立刻讓我幹對吧？」

在這樣的公共場所聽到圭介毫不掩飾的話，讓人驚恐，同時也讓佳代的身體火熱起來。

「……被綁上腰繩，奪去自由，受到囚禁，被男人責備，飽受屈辱，全都是妳愛得要死的狀況嘛。這裡有的，全是讓妳興奮的東西……總覺得連我都痛快起來了。想到自己在這樣的偵訊室裡，奉陪超級被虐狂玩變態調教，真覺得全世界所有的一切都蠢斃了，打從心底痛快啊！」

也許是睡眠不足，圭介口臭的氣息噴在佳代臉上。

佳代看牆壁。雖然只是普通的牆壁，但或許某處藏有祕密洞孔，剛才那個叫伊佐美的刑警正在偷看。

牆壁另一頭，也聽得到圭介說話嗎？聽得到自己的心跳嗎？

「……在桌子下面摸。」

瞬間，佳代不懂圭介在說什麼。

「……摸啊。自己摸妳想要我摸的地方。」

佳代再次看牆壁。如果那裡有偷窺孔，她看起來像是怎樣的女人？

佳代慢慢地移動擱在大腿上的右手。抖到無法順利移動。

手伸進大腿之間。指頭冰冷，幾乎麻木無感。

然而與指頭的感覺相反，緊張逐漸鬆弛下來。

已經完了。真的完了。所以什麼都不必思考了。只要全部照著做就行了。

這麼一想，就彷彿身陷被神一般的存在緊緊擁抱住的感覺裡。

妳什麼都不必擔心。全都交給我就行了。

睜眼一看，圭介站了起來。他粗魯地挪開簡陋的桌子，站到佳代面前。

下巴被用力抓住，佳代忍不住張口。

圭介的指頭立刻鑽了進來。味道奇妙的修長手指按住舌頭，攪動口腔內部。

佳代拚命忍耐想要嘔吐的衝動。

想到萬一這模樣被人看見的羞恥，和想要被人看見自己是圭介的隸屬物的欲望交織在一起。

不要半路停下來。她腦中只剩下這個想法。手指從口腔裡抽走了。

佳代忍不住伸頭，就像要追上那手指。

「……聽好，我只再問一次。妳到底想要什麼？做出這種事，妳到底想做什麼？」

圭介這麼問。然而他的眼神就像在說，那些都無關緊要了。那眼神在說，不管佳代如何回答這個問題，接下來的景象也不會有任何不同。

「那個……」

佳代想要開口，卻無以為繼。想說的話都堵在喉邊了，卻怎麼也擠不出來。

佳代慢慢地說了起來。她想要一字一句、沒有分毫差錯地傳達。

「……我再也無法思考別的事了。不管在上班，還是在家裡，我滿腦子都只剩下這件事。」

「哪件事？」

好不容易說出這些，圭介卻窮追不捨。

「就是……」

「喂，妳明白這裡是什麼地方嗎？這裡是警察署。瞧不起衙門，會玩火自焚的。」

當然，佳代一清二楚。儘管一清二楚，卻身不由己。

圭介目不轉睛地看過來。佳代拚命忍住不別開目光。

「我只問妳一個問題。妳該不會是為我這麼做的吧？」

瞬間，佳代不解其意。

「……就是，妳不會是為了幫找不到真凶的我，才幹出這種蠢事的吧？妳是為了更低賤的理由而這麼做的吧？」

佳代混亂了。她明白問題的意思，腦中卻完全沒有答案。

不知為何，圭介背貼牆壁，抱頭蹲了下去。

佳代覺得只有自己還坐在椅子上很奇怪，連忙自己也蹲到地上。

圭介拽過佳代的手，讓她坐到自己旁邊。

就在狹小的偵訊室角落。

「太奇妙了。想想我們第一次見面那時候，誰能想到會有今天？」
圭介沒有對象地喃喃道。視線前方，是不知為何纏著膠帶的摺疊椅腳。
「……我第一次見到妳的時候，完全沒留下印象。是在那場車禍晚上，才注意到妳的。妳在傾盆大雨中追撞了我的車。」
圭介忽然想起往事，笑了起來。
「……為什麼呢？怎麼會變成這樣？那個時候，我只覺得妳這女人實在有夠鈍的。」
佳代也將背貼到牆上。
「我記得。我記得我們第一次見面那時候。」
「在楓園問話的時候對吧？妳當然記得。被警察問話，可不是常有的經驗。」
「你一邊聽我們說話，一邊寫筆記，我看到筆記本上的字。上面密密麻麻，填滿了螞蟻般的小字。」
「啊，常有人這麼說。說很難讀。警方的文件欄位都很小，所以我的字也在不知不覺間配合變小了。警方的工作，就是整天在填文件。」
外頭起了風，樹木搖晃枝葉，就像要纏繞上窗戶的鐵格。

「……我們好像是第一次像這樣說話。」
圭介忽然抬頭說。
「……簡直就像第一次約會。第一次約會的時候，不是常會聊這類話題嗎？第一次見面時對彼此的印象那些。」
佳代沒有應話，只是聆聽。
「……聊這種事，妳真的馬上就一臉掃興。」
被圭介這麼說，佳代慌了。實際上，她有種從安心的世界被拖出來的感覺。就像從完全不必思考的世界被拖出來，被命令自主思考，這讓她害怕不已。
「因為我不是那種人。」
這樣的話忽然脫口而出。
「……我沒有那種價值。」
「什麼價值？」
「就是，我不覺得我可以跟你對等交往。」
「為什麼？」

「為什麼？因為……」
「因為妳的身體是我的。妳的人生是我的。妳答應要只為我一個人而活，對吧？」
完全沒錯。佳代乖順地點頭。
「我思考過幸福這件事。思考對我來說的幸福是什麼。結果我發現那是在等你聯絡的時候。我希望等待你的時間永遠持續下去。」
這也是真心話。似乎總算可以形諸言詞了，佳代忍不住鬆了一口氣。
「……在家等你聯絡的時候，身體真的就像麻痺了一樣。也會覺得害怕。可是還是希望你聯絡。要是這樣的時間永遠持續下去，我會怎麼樣？我的身體是不是真的會壞掉？可是又覺得這樣也沒關係。覺得只要能沉浸在這樣的幸福裡，這種身體就讓它壞掉吧。」
佳代一口氣說到這裡。說完的瞬間，佳代忽然發現一件事，陷入愕然。
不夠……
光是在家裡等待，已經無法滿足自己了。
所以我才會跑來這裡。渴望更強烈的刺激，才會跑來這裡。
嘴上怎麼說都行。

自己的身體和心靈，都可以拋棄。我只為了你的快樂而活。我要只為了這件事而活。即使我這輩子就這樣了，我也無怨無悔。

沒錯，嘴上怎麼說都行。

可是，只是嘴上說說，我已經無法滿足了。只是嘴上說說，麻痺的身體已經不再因快感而戰慄了。

「……我會奉陪。」

圭介的聲音倏地響起。轉頭一看，他又注視著纏著膠布的椅腳。

「……我會奉陪妳。總覺得所有的一切都厭煩了。雖然我也沒想到妳會瘋成這樣。妳想要毀掉自己對吧？不這麼做，就沒有活著的感覺對吧？我好像也有點理解那種心情。想要在眾人面前，讓他們看到我碎成稀爛的模樣。」

圭介慢慢地站起來，在自己的椅子坐下。

佳代也像被操縱一般，回到原位。

「……那我們開始吧。妳為什麼殺了市島民男？」

圭介緩緩地開口詢問。

在監獄的一天，究竟會是怎樣的一天？被剝奪一切的世界，究竟會是怎樣的世界？只能不斷地思念著一個人的人生，會讓我的身體再次因快感而戰慄嗎？

小睡室裡，佳代再次翻了個身。她已經分不清剛才看到的是夢境還是幻想了。

佳代祈禱小睡時間快點結束。

○

「我打過電話了。」

女兒小百合報告說，松江聞言又啜了口熱茶。

「……我不知道妳要說什麼，但人家池田先生也是來工作的，如果只是叫人家陪妳聊天，會給人家添麻煩。」

雖是老樣子了，但一直聽著女兒不高興的數落，聲音就會逐漸飄遠，然後手中熱燙的茶杯感覺，陽光普照的庭院景色也漸幻迷濛起來，不知不覺間，一如往常地，當時的風景鮮明地——沒錯，就彷彿又置身該處一般，浮現在松江的腦中。

「小松，臉盆應該是比較快，可是重得端不動呀。」

外頭傳來宮森三子彷彿隨時都要笑出來的聲音。

松江所在的冰冷泥土地廚房裡，瀰漫著水壺的蒸騰熱氣。蒸氣愈濃，廚房就愈冰冷。而廚房愈冰冷，蒸氣就愈燙人。

松江摘下包在頭上的手巾，將沸騰的水壺從火上提下來。玄關打開，三子頂著寒風衝了進來。

在寒空底下為屋後凍結的水管包上布的三子，臉頰凍得通紅。看到那張臉，松江又笑了。因為剛剛三子才說自己是「阿龜」[2]。

「受不了，小松，妳還在笑！」

三子假裝生氣，捶打松江的背，但自己也忍俊不禁笑了出來。

松江家和三子家共用的水管凍結了。這裡是酷寒的哈爾濱，防寒措施滴水不漏，但三子的兒子，即將上中學的動和他的朋友們挖開凍土玩耍，結果讓埋在屋後的水管一部分露出地面了。

「要是直接澆熱水下去，水管會破掉喔！」

三子追上提著水壺走出去的松江叮嚀。

與民男的新婚生活，在距離哈爾濱市區十公里遠的平房區展開。這裡是民男隸屬的關東軍七三一部隊遼闊土地內的眷舍，在自來水、暖氣、電力完備的嶄新房屋裡，松江帶來了從母親那裡繼承的有田燒餐具，在臥室裝飾了江戶切子玻璃洋燈。

建於哈爾濱郊外曠野的這處宿舍區，稱為東鄉村。還設有學校、醫院、神社、商店街、電影院、餐館，居住著部隊成員與其家眷共約三千人。幸而鄰家住著與民男同課的夫妻，性情爽朗的太太處處協助諸事不熟悉的松江和民男的新生活。宮森三子經常打趣膚色白得極端的松江，說她就像個公主。每回松江總是羞紅了臉，但這似乎也惹得三子好笑，不知不覺間，棟內的太太們都親暱地叫松江「公主」了。

冬季的這天，哈爾濱的天空明亮，陽光反射在偌大宿舍區的殘雪上，閃爍刺眼，但極度的凍寒讓大馬路上一片空蕩蕩。

2　譯注：阿龜（おかめ）是一種日本傳統女性面具，圓圓的臉頰上有兩團紅暈。也是塌鼻圓臉的醜女代名詞。

提著水壺的松江和三子一起繞到屋後，結果附近太太們都圍在露出的水管旁。

「露出來的水管已經用布和手巾包起來了，慢慢澆熱水看看。」

如此指示的婦人會副會長澤田的手沾滿了泥巴，紅腫到讓人看了疼惜。

松本忍著又湧上來的笑意，依言一點一滴倒出水壺裡的熱水。

穿著束口褲、頭臉包著布的太太們盯著的地面冒出濃濃蒸氣，隨即被來自西伯利亞的寒風捲走了。

接下來，水管順利解凍了。

「各位都冷了吧？我們家煮了紅豆湯，請過來吃吧。不用換衣服了。」

澤田慰勞說，松江等太太都聽從她的好意。眾人前往的澤田家裡，就讀國民學校初等科的女兒照子正在大鍋加熱紅豆湯。她計算推擠著凍寒的身體進屋的松江等人共有幾人，拿出剛剛好的湯碗。

「照子也去那邊吃吧。」

太太們當中最年輕的松江一個人留在廚房，她和照子兩人分頭將熱騰騰的紅豆湯舀進碗中，端給在屋內取暖的女人們，然後她要照子也過去吃，但仔細一看，房間裡已經坐滿了人，也沒有座墊了。

松江將自己和照子的紅豆湯放到托盆上，回到廚房，兩個人一起吃。

「內地的朋友們要是看到，一定會憤憤不平。因為我們居然還有紅豆湯點心可以吃。」

照子吹涼紅豆湯，呼氣化成小小的雲朵，從鼻頭飄走。

「內地因為缺糧，好像過得很苦。這裡雖然也很辛苦，但阿姨那口子老是罵我說，跟內地比起來，這裡根本是天堂。」

松江用碗溫熱著冰冷的手指，望著窗外說。她看見勳和朋友們從凍結的路上走過來。他們拉扯彼此的圍巾，或是互撞，彷彿連他們的打鬧聲都聽得到。同樣看著那裡的照子老成地說：「真是，就是長不大。」

松江莞爾地看著照子，調侃說：「妳不是去年還常跟他們玩在一起嗎？」

「那時候我還小嘛。」

「跟男生在一起，也不曉得要玩什麼呢。」

「而且阿勳最近在學校也完全不用功。」

「是嗎？可是妳媽稱讚他成績很好啊。」

「那是以前，現在成績一落千丈，排名也是從後面數起來比較快。」
「這樣嗎？」
「欸，松江阿姨的哥哥，是建國大學畢業的對吧？」
忽然被問到現在出征去南方戰線，久無音訊的哥哥，松江低下頭去。
「呃，是啊，他是建國大學畢業的。」不過她還是回答照子。
「阿勳之前也一直說想進建國大學。」照子噘起小嘴巴說。
「現在開始努力，還是可以的。」
「我也這麼說，可是他說他已經不想去了。」
「咦，為什麼？」
「我也不知道。」
或許是想起了和勳的對話，照子氣憤地頭一撇站起來，將吃完的碗拿到流理臺。少女的背影，讓松江感覺到近似初戀的煩躁，替她感到焦急。
吃完紅豆湯的太太們三三兩兩回去了。
松江也向澤田道謝，對幫忙母親收拾的照子說「隨時再來我家玩喔，我再給妳毛線」，辭別澤田家。

風一樣寒冷，但今天是個晴朗的冬日。松江目送著返回各自宿舍的太太們的背影，在路上忽然停步，環顧了周圍一圈。

不管住上多久，她就是不習慣這個宿舍區。當然，不是對與民男的生活或鄰居有所不滿。相反地，這些人際關係圓融順利，讓人感激，他們在遠離祖國的地方彼此扶助地生活，被這些善良的人們所圍繞，她由衷感謝現在的生活。

不習慣的是這個街區本身。

常說不踏實，完全就是那種感覺，應該存在於眼前的這處街區，就是讓她覺得恍如夢幻。她強烈地覺得這裡隨時都會被強烈的蒙古風給颳走。

聽到松江一本正經地說這些，民男總是會笑出來。

「可是嗯，妳那種感受，我也不是不瞭解。畢竟這裡是為了部隊急就章蓋出來的人造城鎮嘛。有人生活而形成的城鎮，和先有城鎮才開始的生活，應該是類而不同吧。」

聽到民男這麼說，松江也覺得或許如此。

走回家的路上，松江看見在寒空下推著自行車輪胎玩耍的動和朋友們。

「小勳！」

聽到松江叫喚，勳露出有些嫌煩的表情停住腳步，站在原地目送追著輪胎跑掉的朋友背影。

「小勳，你的手套呢？」

看到勳凍得紅通通的手，松江忍不住用自己的雙手包裹起來。

「在口袋。剛才在拆輪胎，怕被弄髒。」

勳的小手凍得像冰塊，隔著松江厚厚的手套，也能感覺到那股冰冷。他的鼻子底下凍著薄薄一層鼻水。

「小勳，你以後要讀建國大學嗎？」松江提起剛才從照子那裡聽到的事。

「問這幹嘛？」

「也不是要幹嘛，不過如果你進了建國大學，阿姨會很高興。」

「為什麼？」

「為什麼……」

松江忍不住語塞了。

這時，積在電線上的雪「卜托」一聲掉到地上。

「我不去。」

動轉頭望向掉落的雪塊，斬釘截鐵地說。

「……上了中學，就會被學生動員派去做勤勞服務。阿姨不知道嗎？」

感覺彷彿被動責備，松江忍不住道歉：「這樣嗎？對不起，阿姨什麼都不知道。」

動傻眼地仰望著這樣的松江，說：「聽說我同學松村的哥哥不是去工廠，而是被派到蘇聯國境附近的牡丹江的部隊。聽說那個部隊連兵舍都沒有，就住在戰壕裡。在差不多我的身高那麼深的戰壕裡，地上鋪木板，然後鋪草蓆。被派去的松村的哥哥他們二十個人，就睡在那地板上。晚上要輪流睡覺，睡在隔壁的人如果鼻子變白了，就要幫忙摩擦，要不然鼻子會凍掉。」他以訓示的口吻說。

那口氣就彷彿動自己曾經被派去過那裡一樣。

「就算上了中學，也不是馬上就會被派去吧？而且小動你不是很期待嗎？說上了中學，就可以練習騎馬和滑翔機了。」

松江覺得動馬上就要被召去部隊了。

但勳似乎已經有所覺悟了，又訓示地說：「現在已經沒辦法練習滑翔機了。可是正式加入部隊的話，就可以接受騎馬和飛行訓練。」

遠處的朋友們已經等得不耐煩了。勳好像也很想過去，頻頻回頭看那裡。雖然語氣老成，但他迫不及待地看向朋友們，因此松江推推他的背說：「要在天黑前回家喔。」

這天，松江先回家確定自來水可以順利流出後，突然有了一點空閒。距離傍晚採買還有點太早。這是個光是欣賞窗外景色就讓人神清氣爽的冬季晴天，這時她忽然想到，聽說棲息在平房湖的大群丹頂鶴美不勝收。

平房湖是關東軍為了處理哈爾濱市內的用水問題，攔截松花江的支流興建的人工湖，橢圓形的湖泊十分美麗，夏季也做為遊水區開放。

從松江居住的宿舍區，徒步約二十分鐘就能抵達湖畔。當然，冬季湖水會結冰，但由於地形或地盤的關係，支流途中有些區域並未完全凍結，可以看見每年都在那裡過冬的丹頂鶴群。

松江曾在冬季去過平房湖幾次。有一次是在民男的朋友，隸屬軍方的貿易商邀請下去參觀打獵，但松江光是看見散彈槍的槍口瞄準在雪中奔跑的兔子或鹿，就嚇得花容失色，立刻就一個人逃回家了。

但冬季晴天的湖泊景致依舊絕美。

結冰的湖泊另一頭有一座小山，被樹霜覆蓋的那片山地，看起來也像是凍得蜷起來發抖的小動物。

而這天松江時隔許久地前往平房湖，在湖畔看到的景色，美到近乎奇蹟。

凍結的湖面沐浴在冬陽下，燦然生輝。無邊無際的冬季大陸，只有丹頂鶴的啼叫聲迴響著。一隻丹頂鶴展開碩大的翅膀，緩慢地飛向冬季天空。那姿態讓松江忍不住驚嘆。驚嘆的同時，那種美讓她毫無來由地潸然淚下。就只是純然的美。

世界美得幾乎完美。

那天夜晚，民男就像平常一樣，在七點多回到家裡。

日落後下起的雪大了起來，寒風敲打著宿舍的窗玻璃。民男說要先去公共澡堂，松江送他出門後，收拾冰冷的軍服和綁腿布，去爐灶煮飯，並重新熱好用幾天前滿人商店半買半相送的羊肉做的燉肉。

換衣服的時候，民男的臉色很不好。雖然也是因為燈光昏暗，但看起來十分蒼白。

「怎麼了？」松江問，但民男本人似乎沒有自覺，反問：「怎麼了嗎？」

松江不知為何有些驚慌，匆匆答道：「不，沒事。」

等民男從公共澡堂回來，張羅好餐桌。

「啊，冷死啦！」

衝進家裡的民男，剛洗完澡的身體冒著濃濃的蒸氣。

「又不戴帽子了。」

松江用沾了熱水的手巾擦了擦民男凍了一半的短髮，真心擔憂他會著涼。

「剛洗澡出來，這股冷氣很舒服，忍不住就這樣跑回家了。」

瀟灑的民男頭髮雖然都快凍結了，但脫下厚重棉袍的身體似乎還火燙燙的，脖子甚至冒著汗珠。

「這羊肉是周先生便宜賣我的。」

民男默默大啖松江煮的俄式燉肉，用強健的臼齒嚼碎。每天晚上，松江只要看見丈夫這副模樣，就能感到無比的安心。她覺得這旺盛的食欲和強健的牙齒，往後也會保護著她。

吃完飯後，民男有些催促地說：「松江，妳也去洗澡吧。」

「我得先收拾好這裡。」

民男立刻順從聽了松江的話，一副「那我就等」的態度，從書架取出學術書，躺了下來。民男的性欲有時來得急躁。松江用茶水和淺漬醃菜將剩飯扒進肚子，為民男從壁櫥裡拿出枕頭。

一閉上眼睛，感覺就好像裹著毯子，處在暴風雪的森林裡。野獸的吼聲近在耳邊，將滅的火堆畢剝作響。松江閉著眼睛，將腳尖塞進民男的小腿之間。兩人同蓋一條的被子移動，裡面的空氣流出，房間裡冰涼的空氣鑽進了腰間。

翻身的民男用力摟過松江的身體，不讓她露出棉被外。眼前是民男灼熱的胸膛。仍劇烈地起伏喘氣。松江伸出食指滑過那胸膛，就像要進行開胸手術。也許是覺得癢，民男將她抱得更緊了，手指和鼻子被灼燙的胸膛給壓扁了。

外頭的暴風雪沒有歇止的跡象，玻璃窗咯咯作響。隔牆傳來三子的笑聲，她似乎還沒有睡。松江不知為何突然一陣呼吸困難，掙脫民男的臂膀。

「怎麼了？」
「沒事，只是……」
「只是？」
「嗯，只是……好希望這樣的日子永遠持續下去。」
被窩裡流動的溼暖空氣裡，有男人的氣味。
「妳也要喝水嗎？」
離開被窩的民男裸著身子直接被上棉襖，打開紙門下去廚房。外八踮腳走路的那背影，讓人看了更覺得冷。
「也給我一口。」
松江在被窩裡說，用手指梳理凌亂的頭髮。
「啊，冷死囉冷死囉。」
連續喝了兩杯水的民男用同一只杯子裝了水回來。
松江起身，將敞開的睡衣在胸前合攏。水冰到牙齒痠痛。流入喉嚨的瞬間，松江這才訝異原來自己的身體火燙成這樣。

雖然燈熄了，但外頭積雪的反光讓室內朦朧地亮著。哆嗦著鑽回被窩裡的民男，腳都已經冰掉了。

戶外，電線在暴風雪中搖晃，發出動物般的聲響。一直聽見的野獸吼叫聲，好像就源自於這電線。

「今天我跟小勳聊了一下。好久沒跟他說話了。」

松江話才出口，忍不住倒抽了一口氣。因為雖然是無意識的，但她不明白怎麼會想要在這時提起勳的事。

「勳嗎？最近都沒看到他。」

民男拉回自己剛才扔出去的枕頭。

「不久前還天天跟媽媽撒嬌，但現在說的話已經像個小大人了。」

腦中的情景，和說出口的情景截然不同。

「這樣啊。勳明年也要上中學了嗎？」

「對。」

勳的父親宮森末雄，在部隊裡是民男的部下，但年齡上民男比較年輕，打起交道來似乎有些彆扭，但因為是鄰居，兩人假日有時會一起去釣魚，勳也會一起跟去。

「我們這些女人家不清楚，可是小勳說，上了中學以後就沒辦法讀書了，會被學生動員派去不知道哪裡的部隊。」

松江彷彿置身事外地聽著更加偏離的內容。感覺十分奇妙。

「唔，應該吧。」

「嗯，小勳好像都知道了，這又讓我有點怎麼說……」

松江以為這彷彿批評學生動員的發言，一定會招來民男警告，但不知為何，他只是聽過去而已。

「……那個，以前小勳都說，爸爸們的工作是我的驕傲，所以等我上了中學，也要努力報效國家，絕對不輸給爸爸們。」

這是松江瞎編的。

她完全沒有和勳聊到這樣的事。為何要這樣信口開河？連自己都感到發毛，但松江忽然不安起來，更牢牢地攏住了睡衣前襟。民男還是一樣全不搭腔，也不曉得是否瞭解松江這樣的心境。

松江幾乎不曾和民男聊過軍裡的事。新婚的時候，民男對她說過幾次，「部隊裡有許多機密，所以我什麼事都不能跟妳說。即使在家裡，我也不能談軍裡的事」，此後松江也刻意避免這類話題。在與鄰家的三子及婦人會的太太們相處的過程中，她發現到軍人家庭似乎都是如此。

什麼都不用知道。

在這裡，這是很自然的事。

「睡吧。」

民男從松江的被窩爬出來，回去自己那一床。

「是。」松本也理好凌亂的被子，在還殘留著民男體溫的蓋被底下伸展身體。

「覺得冷的話，把腳放過來這邊。」

聽到民男的話，松江順從地將身子挨過去，將冰冷的腳尖鑽進去。民男的腳裹住松江併攏的腳尖。骨骼分明的大腳，腳跟乾燥到摩擦會覺得痛，但被那雙腳包裹住，還是打從身體深處暖和起來。

這樣就好了。松江倏地這麼想。

就在這時，外頭突然傳來人聲和腳步聲。一瞬間，松江以為是改變風向的暴風雪，但腳步聲愈來愈近，接著有人以讓人忍不住瑟縮的力道擂起門來。

「啊……」

松江忍不住出聲，緊接著傳來男人們為夜間造訪道歉，並迫切地呼叫民男。

民男爬了起來。松江也從被窩裡伸手，打開枕邊的紙罩燈。被紙罩燈照亮的民男的影子直伸到紙門上。

「市島課長，我是谷川。方便打擾一下嗎？」

男子說話一清二楚地傳來，就彷彿暴風雪突然停歇一般。

「什麼事？」

民男已經離開被窩，重新繫好睡衣腰帶，直接打開紙門，赤腳踩下泥土地。民男打開玄關門的瞬間，風雪灌入室內。

「抱歉夜裡打擾。平房湖發現了小孩的屍體。」

彼此推擠地走進室內泥土地的，是三名男子。三人都凍得下巴發顫，布滿雪花的披風凍結了似的一動不動。

「小孩？屍體？」

民男粗魯地將三人拉進門內，關上了門。門一關上，飛舞的雪花便落到泥土地融化了。

松江用力揪住衣領。不知不覺間，她不住地發抖。儘管發抖，仍爬起來關上紙門。即使關上紙門，還是可以一清二楚地聽見男人們的對話。

「平房湖發現了小孩的屍體。詳情還不清楚……」

驚慌的部下凍得說話劇烈顫抖。

「……是日本人男孩，和俄國人女孩。」

另一道男聲接著說。

「兩個……」

民男低喃之後，陷入一段漫長的沉默。就彷彿說不出話的民男就這樣走出風雪交加的外面去了。

「雖然尚未確認，但日本人男孩應該是總務部庶務課野邊山課長的長男。現在就讀中學一年級，聽說他從下午就沒有回家，父母很擔心，一直在找他。另一名一起過世的女童，是三番町俄國餐館的女兒，應該和野邊山課長的長男同年級，兩人似乎認識。」

「……兩人的遺體是在平房湖北邊的小船屋裡找到的，小屋管理員說，冬季期間當然沒有人使用，所以鎖起來了。」

松江的身體在被窩裡縮得更緊了。凍寒與恐懼，讓她不停地發抖。

「……今天入夜以後，管理員碰巧去小屋拿工具，發現裡面有小孩的屍體，連忙通知憲兵。」

「……另外，兩個孩子都是全裸，雖然還不清楚詳情，但極有可能都是凍死的。」

在被窩裡聽著的松江，下意識地等待民男發話。然而不管怎麼等，都沒等到民男出聲。

彷彿剛才啞然失聲後，真的就那樣走出屋外了。

松江不安起來，將紙門開了一條縫。民男當然還站在那裡。

「親愛的……」

松江忍不住出聲。民男回頭，那張臉一片慘白。民男好像也被松江那一聲叫回了神，命令：「我要出門。妳準備一下。」

「是。」

松江立刻起身，不顧自己整裝，想要從櫥櫃抽　取出軍服。可是手抖個不停。那顫抖的程度非比尋常，從手蔓延到肩膀，再從肩膀蔓延到膝蓋，她站也站不住，當場蹲了下去。

走進和室的民男注意到松江的異狀，想要扶起她：「怎麼了？」

「對不起，身體一直抖……」

「我來，妳去躺著。」

男人們在玄關泥土地直盯著這裡。民男注意到，粗魯地關上紙門，自己拿出軍服換上。

松江爬近窗邊，打開窗簾，望向戶外。激烈的暴風雪中，浮現出今天下午目睹的、美得宛如奇蹟的平房湖情景。

湖畔迴響著丹頂鶴悲切的啼叫聲，一隻丹頂鶴展開碩大的翅膀飛上冬季天空。就在這時，松江看見一群孩子走向小船屋。

松江的心神仍被眼前奇蹟般的美景所占據。

孩子們走過結冰的湖面。本以為全是男孩，但其中有個像是白俄人的金髮女孩。女孩被粗暴地推搡著，差點跌倒，遭到男孩們嘲笑。

「我很晚才會回來，妳先睡吧。」

聽到民男突然這麼說，松江拉上了窗簾。不知何時換好軍服的民男留下這句話，下去玄關脫鞋處。

松江也連忙披上棉襖追上去。赤腳踩到的泥土地冰得刺人。來迎接的男人們已經出去外面等了。

打開玄關門的民男將松江推回去：「沒關係，妳待在屋裡。」

但松江還是出去了。風雪更強勁了，在電燈底下眼花繚亂地瘋狂飛舞。風雪中，穿披風的男人們挨在一處等待。不知不覺間，其中加入了一名憲兵。來接民男的男人們的軍靴踩過剛積上的雪。

松江打赤腳目送著，直到民男他們的背影消失不見。她已經不感到寒冷和疼痛了。男人們的身影都在風雪中消失不見了，切切嚓嚓踏雪而過的軍靴聲卻依然沒有消失。

重疊在響個不停的軍靴聲上傳來的，是孩子們的笑聲。

民男等人的身影消失的風雪中，浮現出成群丹頂鶴沐浴著冬陽的平房湖。又一隻鶴飛起。那隻鶴低低地掠過近旁的小船屋屋頂，飛向榆樹林消失了。

松江的視野中，只留下進入小船屋的孩子們身影。就彷彿那裡也有一群丹頂鶴。但這群鶴卻有些殺氣騰騰，好似隨時都會展開翅膀威嚇，互啄廝殺。

應該是孩子們在玩鬧而已，不要多管。但又擔心以遊戲來說，氣氛似乎有些劍拔弩張。兩種情緒交織在一起。

松江認得被男孩們帶走的金髮女孩。當時她才剛新婚，走進三番町的洋裁店，看到一對日本男孩和俄國女孩正愉快地挑選架上陳列的毛線。

松江莞爾地看著這一幕，接著自己也挑起毛線，忽然外面有人呼叫少年：「喂，野邊山！」這姓氏很罕見，因此松江想起這名男孩是以前在鎮上市場三子介紹她的婦人帶在身邊的乖巧男孩。

她不由得留意起來，發現外面的男孩們鼓譟著嘲笑兩人。兩人也沒買下細心挑選的毛線，逃之夭夭地離開店家，但一眨眼就被男孩們包圍了。

「給我站好！」

體型最壯的男孩用像是鐵絲的條狀物鞭打男孩穿短褲的大腿。男孩表情痛苦，按住大腿，但沒有叫出聲。金髮女孩躲在馬路對面的郵筒後面，憂心地看著。

松江走出店外。

她心想如果孩子們還在繼續，就要斥責他們。然而下一秒鐘，男孩們哄堂大笑。被眾人包圍，咬牙忍痛地敬禮的男孩，腳整個彎成了內八。男孩們笑得更厲害了。

瞬間松江無法理解狀況。但愉快地挑選毛線的少年的臉，和她以前在新京看到的大眾演劇的旦角那白得刺眼的臉重疊在一起了。

在美麗的湖景之中，松江走向小屋。

孩子們已經進入小船屋了。凍結的湖面不穩定，松江好幾次踩到隆起的冰塊，差點滑倒。身後丹頂鶴在啼叫。松江依依不捨地回頭。她覺得如此美麗的光景，或許再也看不到了。

小船屋結構堅固，屋瓦也是新的，管理完善，門口關著，但牆上有模仿船窗的圓窗，松江一腳踩上橫放的圓木，從圓窗看進屋內。

小屋裡並排著三艘小船，孩子們就在那裡。看到那景象，松江登時整個人嚇得面無人色。身體彷彿墜入冰窟，相反地，胃和喉嚨猛地灼燙起來，剛吃下肚的紅豆湯湧上喉邊。

松江忍不住伸手摀住反胃欲吐的嘴巴。

圍著俄國女孩的男孩當中，有幾個穿著大人的白袍。每一件都很髒，也有些破了。

「兩個都給我脫光，這是實驗！」

「服從長官命令！」

孩子們的施令一清二楚地傳入耳中，令松江顫抖。她這才察覺自己一腳踩住的是圓木，那觸感就像踩在屍體上。也許是聽到她忍不住驚呼，一名少年轉頭看這裡。是穿著白袍的勳。

勳一臉驚訝，但沒有將視線從松江身上轉開。他不僅沒有別開目光，那眼神之強烈，就像在挑釁大人。

松江嚇軟了腿，離開窗邊。

離開的瞬間，她一屁股跌坐在凍結的湖面，挪著屁股往後退。

理智明白，必須要他們停手才行，身體卻想離開這裡。她要自己相信，看到她的勳一定會要朋友罷手。

松江以兩腳大張的難看模樣在湖面站起來，從小屋落荒而逃。被松江嚇到的丹頂鶴群同時飛了起來。松江只是不顧一切，穿過其間。

那堵高牆裡，民男這些部隊成員平日都在做些什麼研究，松江從未從任何人口中聽說。然而不知為何，松江知悉所有的一切。只要住在這處宿舍區，即使沒有人提起，那堵高牆裡究竟發生了什麼事，風、陽光、乾燥的大地，這些自然會告訴松江她們。就如同明明沒有人透露過半點，少女松江卻不知為何知曉性的祕密。應該所有的人都三緘其口，性的祕密卻在不知不覺間溜進了松江體內。

就和這是一樣的。

松江好幾次被冰塊絆倒，倉皇失措地離開湖面。她覺得如果承認剛才看見的小船屋裡的場景是現實，那麼民男他們在那堵高牆裡的所做所為，也都會變成現實。

「不是的、不是的。騙人，這不是真的！」

松江拚命地逃。她只想盡快遠離小船屋。

隔天早上，事件全貌傳遍了整個小鎮。結果昨晚民男沒有回來，松江一夜未眠。但天亮以後，她還是在平常的時間起來煮飯。

這時隔壁家的三子過來，明明別無他人，三子卻壓低了聲音問：「小松，妳聽說平房湖的事了嗎？」

松江微微搖頭。當然，她立刻想到在小船屋對上眼的動，但她將雙手插進桶裡冰冷的水中，停止思考。

「我剛才聽賣豆腐的說，鎮上好像已經吵翻天了。」

三子有些坐立難安地窺望周圍。

瞬間，松江猜疑三子是否已經從動那裡聽說什麼了。但三子的側臉看起來完全是熱中於與自己無關的八卦。

「我來泡茶。」

松江摘下罩在頭上的手巾，將茶葉倒進茶壺裡。等待水煮沸的期間，住隔壁棟的婦人會副會長澤田也來了。

雖然還早，但平房湖的事似乎早已傳遍大街小巷。兩人的死，會從犯罪和意外兩個方向展開調查。兩人的死因似乎真的是凍死，那麼問題就是，兩人怎麼會全身赤裸地待在那棟小船屋裡？

鎮上的人看法分成兩派。

一派認為是意外，兩人是自己進去小船屋的。另一派則認為是犯罪，他們是被人帶去那裡的。如果兩人是自己去的，即使他們年紀幼小，也有可能是類似殉情的行為。

小船屋也有小圓窗，但真的很小，小孩子也不可能從那裡鑽出來。最重要的是，即使離開小屋，也不可能光著身子穿越凍結的湖泊，回到鎮上。就算想要呼救，也沒有人會去隆冬的湖泊。

凶手就是清楚這些，才會將兩人丟在那裡。

據說被發現的時候，兩人身在同一艘小船上，應該是想要設法取暖，用薄席子裹住身體，彼此緊緊地擁抱在一起，就此氣絕身亡。

兩人的皮膚白到幾乎透明，長長的睫毛凍結了，但看起來就彷彿搖一搖就會轉醒過來一般——第一發現者的小船屋管理員如此描述。

後來，儘管憲兵大張旗鼓地展開調查，但別說凶手了，連犯案過程都不清不楚，就這樣過了幾個星期。

有段時期，憲兵認為這是針對孩童的變態犯下的罪行，嫌疑落在平房湖對岸某個聚落的男子頭上。這名年輕滿人智能不足，和年老的父母同住。他聲稱案發當天下午，他去滿人朋友開的牧場看馬生產，但這個朋友現在不在哈爾濱，證人只有他的父母。

男子模糊的證詞和懼怕的態度，讓狀況更加不利。但經過嚴峻的審問，終於要逮捕男子時，幸好男子的滿人朋友從大連回到哈爾濱，證實了他的供詞。

原以為是兇手的男子被釋放後，整個鎮上彌漫起詭譎的氣氛。都已經這樣滴水不漏地調查了，卻沒有半點線索，是不是根本就沒有所謂的兇手？沒有所謂的犯罪情事？人們說出這種類似願望的想法。

有人說：「他們雖然還小，但那是不是一場殉情？」殉情這個詞彙，重疊在年幼的兩人美麗的遺容上。

當時是昭和二十年年初。冰封的哈爾濱也收到了戰局惡化的消息。現在雖然還只是凍結的湖面上小小的龜裂，但生活在這裡的人，都知道那道裂痕總有一天甚至能將巨大的冰塊一分為二。每當接到戰局惡化的消息，人們就試圖去遺忘小船屋的事件。為了忘懷這起殘忍的事件，人們開始爭相談論他們美麗的遺容。

有一次，鎮上的西洋畫家畫下了兩人的遺容。在那副充滿了亮眼而冰冷的青金石色彩的油畫中，兩人鑲嵌在冰裡。躺在冰中的兩人緊握著彼此的手，遺容宛如天使般美麗，看起來隨時都會睜開眼睛，展露微笑。

畫作被隆重地裱框起來，裝飾在集會所的牆上。

就在這樣的某一天，松江在廚房洗東西時，勳站在窗外。是冬季一直緊閉的窗戶第一次打開的日子。兩人隔著窗戶四目相接，勳微微點頭。

那件事以後，松江就一直避免碰到勳。勳點頭後，就要直接離開。松江幾乎是反射性地跑出門叫住他：「小勳！」

松江注視著今年春天升上中學的勳的制服。她的眼神讓勳扭捏了一下，但勳忽然立下決心似的跑了回來。

松江摘下包在頭上的手巾。

「我下星期就要學生動員去勤勞服務了。」

勳的人中處留了淡淡的鬍子。

「……要去的地方也已經決定了。雖然這是祕密，但我可以告訴阿姨。不是去軍需工廠，而是之前跟阿姨說過的，在蘇聯國境附近的牡丹江的部隊。去了那裡以後，好陣子都回不來了。」

雖然長出鬍子了，但聲音還是童音。

「……我不在的時候，請阿姨照顧我媽媽和妹妹們。」

動深深行禮說。

「小勳……」

松江張開宛如千斤重的嘴唇。她不知道該對眼前的孩子說什麼。但勳靜靜地等待松江開口。

我知道你做了什麼。你也知道我知道。

松江幾乎要眩暈起來，忍不住閉上眼睛。一閉上眼，不知為何，那天看到的湖泊景色便歷歷在目地浮現眼底。

凍結的湖面沐浴在和煦的冬陽下，燦然生輝。無邊無際的冰封大地，只有丹頂鶴的啼叫聲迴響著。一隻丹頂鶴展開碩大的翅膀，緩慢地飛向冬季天空。就只是純然的美。

「……勳……你要好好為國報效。」

松江咬唇說，勳行了個無可挑剔的禮回應。

○

沒穿內褲開車。

只是這樣而已，卻讓內心淫蕩得不可自拔。

開過風景一成不變的站前大馬路，腦中做著色情的想像。

只是這樣而已，卻讓內心淒慘到無可救藥。

午後的站前，等公車的人排出長龍。採買結束的主婦購物袋裡插著長蔥，雙胞胎女孩比較著彼此小手掌的大小。

覺得只有自己從這個世界被排除了。覺得自己不可能加入如此清潔的風景。

因為只有自己沒有穿內褲，因為只有自己滿腦子淫穢思想。

背後的車按了喇叭，佳代肩膀一顫。她實在太慌了，身體一時反應不過來。喇叭再次響起。

佳代握住方向盤，用力到手指發痛，總算將腳從煞車上移開。

光是開往位於北湖的別墅的四十分鐘車程，就總是讓佳代精疲力竭。

不知道圭介今天會提出什麼要求的恐懼、不知道自己有沒有勇氣回應的憂心，讓她不管車子裡的暖氣開得再怎麼強，都無法遏止身體的顫抖。

相處期間，圭介完全不提自己的感受。
他會說的，只有叫佳代做什麼的命令。
圭介不說出自己的感受，所以佳代必須去想像他的感受。
他現在一定正這麼想。一定正這麼感覺。
所以自己必須回應才行。她像這樣逼迫自己。
圭介唯一明確要求的，就只有「不許將目光從我的眼睛移開」。
圭介說，不管被逼著做出多羞恥的事，不管多想要低頭，不管再怎麼想忘掉現在的自己，都不許將目光從他的眼睛轉開。
咬緊牙關，不斷地注視。漸漸地，佳代羞恥到流淚。不甘到嗚咽。
流淚的不是自己。嗚咽的是不認識的別人。
佳代藉由這麼想，勉強維持自尊心。藉由這麼想，勉強保持理智。
前面的車子突然放慢了速度，佳代也連忙踩煞車。
從湖邊的縣道前往北湖的別墅路上，每當像這樣被紅燈攔住，佳代就會從不斷深陷的妄想突然被拉回現實。

○

山坡倒映在湖面，低空擴展著陰沉的烏雲。

感覺直盯著看，擴展在眼前的世界隨時都會龜裂，像玻璃般碎成片片。

圭介放慢車速，開過湖岸旁的小徑。

彎道前有一輛橫濱車號的車子困住了。細一看，下車的父親和母親彎身檢查輪胎，女孩擔心地從後車座車窗探出頭來。

圭介慢速前進，停到旁邊。

「還好嗎？」

他打開車窗招呼，年輕的父親臉色有些蒼白，求救地靠過來說：「好像爆胎了。」

母親似乎正在聯絡ＪＡＦ[3]申請道路救援，告知詳細的現在地點。

「車上沒有備胎……」

看到父親蒼白的臉色，後車座的女孩似乎就快哭了。

「如果有備胎，我就可以幫忙更換了。」

圭介說，但父親大嘆一聲，似乎已心不在焉，關心妻子電話打得怎麼樣。

「他們知道地點嗎？還是我可以說明……」

圭介伸出援手，但同樣一臉蒼白的妻子回應：「謝謝，我把地點傳過去了，好像沒問題。」

「小妹妹，馬上就會有人來救援了，沒事了。」圭介對小女孩說，但小女孩愁容依舊。

JAF好像約二十分鐘就會到了。

圭介說了聲「保重」，又慢速發車前進。

這一帶進入冬天，就會被厚重的積雪覆蓋。這個時期用夏季輪胎開車過來的觀光客，就會像現在這樣被困在雪地裡。

說到豪雪地區，人們經常會聯想到北陸，但其實積雪量的最高紀錄，位在滋賀縣伊吹山這裡。

一九二七年的十一公尺八十二公分的積雪紀錄，也是目前的金氏世界紀錄。圭介應該是從國中地理課學到這件事的。

3 譯注：JAF為日本自動車聯盟的縮寫，宗旨為提升駕駛權益與交通安全。提供會員道路救援服務。

琵琶湖的北湖地區雪量特別大，是因為這個地區形成從日本海到太平洋的風道。東海道新幹線經常在關之原因大雪停駛，似乎也是這個緣故。

圭介調高汽車音響的音量。

是前些日子用手機隨便下載的西洋音樂，以有些沙啞的音質喘息似的歌唱的女聲，很符合圭介現在的心情。

從湖邊道路駛入緩坡的側道。

穿過成排的白樺樹之後，就看見三三兩兩的別墅。每一幢別墅都是能俯視湖景的小型夏季渡假屋，這個時期，別墅區沒什麼人影。

圭介前往的是妻子華子娘家持有的別墅，學生時期，他們每年都會邀學校朋友來這裡避暑，但五年前被颱風颳走屋瓦後，屋子一下子嚴重老朽，圭介夫妻不用說，岳父岳母也不來了，現在幾乎成了廢屋。

輪胎輾過柔軟的落葉。

只有一棟別墅，煙囪升起白煙。圭介將車停在那前面。

雖然太陽還未西下，但蓊鬱的森林裡十分陰暗。

圭介朝著別墅閃了幾次車燈。
佳代應該在裡面。
他已經告知幾點會到了。也交代她要脫光衣服等他。
佳代應該遵照交代，脫光衣服，等待圭介抵達。圭介沒有脫鞋，直接進屋。鞋底的泥土踩髒了走廊。
佳代到處擦拭圭介製造的髒腳印。圭介坐在暖爐前柔軟的沙發看著佳代翹起的臀部。燒著暖爐的房間很熱，但布滿灰塵的地板很冰冷。佳代的臀部因羞恥而逐漸潮紅。
「不願意可以回去。」
聽到圭介這麼說，佳代也沒有停下擦地板的手。
圭介故意用鞋底抹地板，跺了一下說：「這裡也髒了。」
佳代默默過來。她沒有抬頭，盯著髒掉的地板筆直爬過來。
圭介將目光移回擦拭髒地板的佳代身上。
「說啊。」他戳佳代的肩膀。
「……趴在我前面的時候，要說什麼？妳還記得吧？」

佳代微微點頭。

「那就說啊。」

圭介強迫她用那副姿態，說出她引以為傲的事、自信十足的事，以及重視的事。以淒慘的姿態擦拭著地板，被迫說出最感到驕傲的事。

佳代又微微點頭，屈服地以沙啞的聲音說了起來。

來參加小學運動會的父親第一個跑到終點線。高中的時候被兩個同學告白。負責的老住民流著淚道謝說「幸好人生最後有妳陪在身邊」。佳代顫抖著，咬牙說出這些。

她白皙的背部，脊椎骨活生生地起伏著。

薄肌底下突出的脊椎，看起來就像清晨的湖面上激起的漣漪。

一直到剛才，圭介連續盯了監視器影像整整十六個小時。頭痛到彷彿眼球被捏爆一樣，他得撐著頭，否則無法維持姿勢。

被伊佐美形同拷問地逼著再三確認的這段影像，是案發當天「楓園」園區內的影像，分別來自療養區的門診、藥局前、走廊、停車場等十三支監視器。

醫院和養護機構這些地方，基於保護病患和住民隱私的觀點，其實監視器數量並不多。實際上楓園雖然在大廳和主要走廊設有監視器，但市島民男過世的病房內不用說，病房前的走廊也沒有裝，唯一可以確認這一帶狀況的監視器，就只有櫃臺前面的一臺，距離病房有十五公尺的距離。

不管重看多少遍，影像內容都沒有變化。案發當時也看過許多遍了，後來每當偵查觸礁，就會重看。儘管已經好幾次做出結論，認定這些監視器畫面無法提供有用的線索，伊佐美卻逼他繼續看。

這若是基於對偵查的信念或警察官的毅力論，圭介還能夠接受。但伊佐美混濁的眼中散發出來的，只有他一貫的陰險。

昨天在縣警有一場會議。是為了近在下星期的警察廳長官視察而召開，除了縣警本部各單位，縣內各地的警察署，署長以下的幹部也被召集，負責這次視察目的的「楓園命案」的西湖署，不只是署長和幹部，連圭介和伊佐美都被找去，被迫站在大會議室後方全程立正不動，飽嚐侮辱。

為了轄區的醜聞，警察廳長官親自蒞臨視察。

這件事意味著什麼？全都如實地反映在出席會議的縣警幹部慘白的臉色上了。

圭介將已經看過不知道多少次的監視器畫面倒回去從頭播放。粗糙的錄影畫面中，佳代抱著檔案經過走廊。這也是已經看過無數次的畫面，但圭介按下暫停，看著面無表情地停止動作的佳代。將臉部特寫，佳代的臉放大到整個畫面，勉強可以判別出五官。

忽地，背後感覺到視線，圭介連忙想要恢復原狀，但來不及了。

「你是在玩嗎？」

背後傳來人聲。伊佐美似乎又偷偷開門了。

「沒有。」

恢復正常倍率。

「要是那些律師真的拱著照服員松本提起訴訟，咱們絕對會丟飯碗。」站在背後的伊佐美憤恨地說。

「你倒好了，老婆是牙醫的女兒，就算被減薪還是處分，也不痛不癢吧？但我就慘了！連明天要怎麼過下去都不知道！」

伊佐美離開房間。在走廊迴響的拖鞋聲在圭介的耳中揮之不去。

「你每星期跟你老婆做幾次？」

伊佐美是會滿不在乎問這種問題的人。若是害臊而閃避回答，他就會諷刺：「裝模作樣什麼啊？自以為哪裡的偶像明星嗎？」但若是老實回答，他一樣會動怒：「噁心！誰想知道你的性生活啊？」

然而伊佐美老是問圭介這類問題：初體驗是什麼時候、跟幾個女人搞過、有沒有跟署裡的女人搞過、聽說你跟交通課的那女人幹過，是真的嗎？

圭介有時認真回答，有時閃躲。結果每一次伊佐美都會生氣：「你一點都不好笑。」

這幾天，華子帶著小詩又回去娘家了。

某天他傳LINE跟妻子說他回家了。妻子立刻打電話給他，但似乎不打算為了日夜不休工作的丈夫，回到車程短短十五分鐘的自家，「抱歉，家裡沒有準備吃的，怎麼辦？要不要過來吃？」她毫不內疚地邀說。

圭介打開冰箱。

「真的什麼都沒有。」

「咦？」

「沒事。」

他也實在懶得再出門了。

華子和小詩剛出院時，岳母藉口照顧外孫女，經常過來這裡，圭介忙於辦案，幾乎完全無法回家的那段時期，岳母幾乎天天在這裡過夜。

某天，凌晨才回家的圭介沒有開燈，在飯廳吃著冷冰冰的便當。岳母就在近旁的客廳打地鋪，鼾聲大作。這應該已經是熟悉的景象了，而且對於前來照顧女兒的岳母，他也沒有不滿。只是吃著冰冷的炸雞，他冷不防感到一股全身毛髮倒豎般的憎惡。連自己都不曉得是對什麼的憎惡。對於照顧外孫女而累得睡著的老岳母，他不可能感到憎惡。圭介走到客廳，默默地俯視邋遢地打著鼾的岳母的臉，就像要確定什麼。

不是妳的錯。

儘管這麼想，卻也找不到其他讓他如此煩躁的理由。

圭介回到飯廳，在連自己都無法控制的衝動驅駛下，將毫無理由地打開的冰箱門猛力甩上。岳母被那聲響嚇醒。圭介向睡眼惺忪的她道歉：「對不起。」岳母翻了個身：「啊，圭介，你回來了？辛苦了。」說完又遁入夢鄉。

圭介從冰箱拿出炒麵，切起高麗菜，卻停下了手。他這才發現其實他沒什麼食欲。將切到一半的高麗菜、菜刀和砧板都丟在原處，躺到客廳沙發上。

○

追思會館孤伶伶地建在京阪國道旁。因為是殯儀館，沒有招搖的招牌，若是被前方的超商吸引了目光，感覺會直接忽略這棟建築物。

入內之後，寂寥一如外觀，櫃臺沒有人，業者在入口大廳進行鮮花送貨作業。幸好看板上寫著「池田家　二樓紫蘭之間」，其他會場的黑色牌子都是翻過來蓋著的。

池田邊打黑領帶邊跑上螺旋梯。一上去就是紫蘭之間，堂哥站在還空蕩蕩的會場內。

「啊，你來了。真不好意思，你這麼忙。」

「不好意思，沒辦法參加昨天的守靈。」

「哪裡，不會啦。我媽住院住了那麼久嘛。或許是因為這樣，最後可以跟她聊上許多。

到了這把年紀，一般真的很難有機會能和自己的老媽面對面聊上一、兩個小時。」

堂兄自我安慰地說。

「……對了，去看看她吧。」

伯母長年飽受糖尿病所苦，因此池田早有心理準備，但化了妝的那張遺容，完全就是自小疼愛他的溫柔的伯母。

「結果也沒能去探望她……」池田觸摸伯母的臉。

「連做兒子的我都只會偶爾去看她了。」站在旁邊的堂哥苦笑說。「……叔叔他們在裡面。」

池田讓堂哥扶著背，正要前往裡面的休息室，這時手機響了。是渡邊總編打來的，池田應著「喂」，又走下樓梯，後面傳來堂哥說：「還是老樣子，大忙人一個。」

原本今天下午池田要去向渡邊總編報告採訪進度，但臨時跑來大阪參加伯母的葬禮。走出一樓大廳外的池田首先道歉說「抱歉，沒辦法過去報告」。他回報說這一個星期左右，他全力向政界及醫界人士探聽，但尚未找到連結宮森勳、澀井會醫院及西木田一郎與舊日本軍七三一部隊的證據。

「西木田的政敵角田派那邊也沒辦法嗎？」

渡邊問，池田說「沒辦法」。就是渡邊介紹與角田派關係密切的評論家給他的。

「……我四處調查後，漸漸看出宮森他們和七三一部隊的關係，似乎是分成兩階段撤底抹消的。」

好幾輛大卡車從京阪國道呼嘯而過。池田按住一邊耳朵，拉大音量：

「……第一次是戰爭剛結束時，因為美軍想要七三一部隊的研究成果，談判之後，以私下交出情報做為代價，換取讓前部隊員免於淪為戰犯，無罪赦免。這時有許多過去的紀錄和個人資訊都被銷毀了。如果這是第一階段，宮森勳和藥廠鬧出藥害事件時，就是第二階段，原本有許多過去的紀錄和個人資訊即將被查出來公諸於世，卻在這時遭到徹底銷毀了。清潔溜溜，一乾二淨。像宮森勳，連他的出生地都變成不是舊滿州了。幾乎是國家機密等級了。」

池田激動地說完後，渡邊有些失望地問：「你今天會回來嗎？」

「不，明天我會先去一下滋賀的市島民男家再回去。」池田回答。

「市島民男？哦，楓園的死者？那邊有什麼進展嗎？」

「被害者的妻子聯絡我，說有事情想跟我說。」池田說。

從賞雪紙門窗望向中庭的池田啜著茶水。

「請用。」

一樣眺望中庭的松江忽然打開糕點盒的蓋子說。

「謝謝。」

池田不客氣地拿起小袋裝的甜納豆。

雖然將池田找來，松江卻再次悠哉地看向庭院。平常的話，池田也會急欲知道是什麼事，但不知為何，面對松江，池田也能好整以暇地欣賞庭院。

「其實，我剛參加伯母的葬禮回來。」

這話忽然脫口而出。

「……伯母生前很疼我，想到再也見不到她了，雖然很寂寞，但該怎麼說呢？總覺得伯母去的地方和我活著的這裡，一點距離也沒有，或者說其實是一樣的地方。我聽著誦經，腦中想著這樣的事。」

池田也不知道為什麼要對採訪對象的老婦人說這些話。松江只是靜靜地聆聽。

又過了片刻，松江忽然站了起來。

池田默默地看著，松江就這樣走出房間。不知道等了多久，正當他擔心起來，想要去看看狀況的時候，松江忽然抱著一個大包袱回來了。形狀平坦，似乎裝著裱框的畫。

因為看起來很危險，池田立刻伸手接住。

「可以幫我打開來嗎？我想讓池田先生看一下。」

「這是什麼？」

池田解開包袱。果然是裱框的畫，但包裝得很牢固，他詢問松江的意思，她說可以將氣泡布撕開來沒關係。池田撕下膠帶，動作有些粗魯地扯破氣泡布，裡面裝的是一幅油畫。

「是油畫呢。」

池田將畫放在地上觀看。

畫上是一對男孩女孩，並躺在冰中，予人的印象非常冰冷，彷彿不是用油畫顏料，而是以有顏色的冰畫成的。

「這是我唯一從滿州帶回來的東西。」

松江自己似乎也多年沒看到這幅畫了，以布滿皺紋的指頭憐愛地觸摸畫上一雙孩子的臉。

「是男孩和女孩對嗎？」
池田確定地問，松江默默點頭。
「……是男孩和女孩睡在冰中嗎？我完全沒有賞畫的素養。」
躺在冰中的兩人緊緊地握著彼此的手。
「那是戰爭結束那年的冬天。我們住的地方附近，有一座叫平房湖的湖。那是哈爾濱的湖，冬天當然會結凍，但是在冬季晴朗的日子過去一看，對岸的山一片雪景，美不勝收。」
松江述說的舊滿州的湖景，重疊在池田心中的琵琶湖冬景上。
「……冬季會有候鳥飛來，其中丹頂鶴的美，簡直無法形容。冬天的太陽不是照在凍結的湖面上嗎？會曬出白濛濛的蒸氣。丹頂鶴張著大大的翅膀，從滿州遼闊無邊的天空降下，在一片寂靜的湖上高聲啼叫。怎麼說，讓人覺得：啊，這就是世界。世界竟是如此地美麗，一想到這裡，就忍不住淚流不止……。然後，有一群小孩跑來了。他們一起進了湖邊的小船屋。」
池田彷彿被吸進那冰結的湖泊般，聆聽著松江的話。
「……我呢，只有一件事，可以明白地回答池田先生。」

松江又注視著畫中的一雙孩子。

「……自從那天以後，我再也沒有看過任何美麗的事物。那天的那群丹頂鶴，是我這輩子看過最後一幕美麗的事物了。從此以後，一次也沒有……在這段漫長的人生當中，我連一次都不曾感覺任何事物是美的。這就是我這輩子。」

松江再次將手伸向畫中的一雙孩子。就好像相信只要像這樣一再觸摸，總有一天，他們就會再次睜開眼睛。

接下來，松江道出她在這漫長的人生當中最美麗的一天目擊了什麼。被帶進小船屋的男孩和女孩。穿著白袍的男孩們。落荒而逃的自己。

松江說，她自己也不知道為何要對池田說這些。池田也不知道為什麼會是他來聆聽這些。但儘管不明白，松江說的話，還是滿足了他的心。

離開松江家以後，他注意到渡邊總編有來電。明明沒有設成靜音，卻不知為何沒有響。池田走向租車，同時打電話過去，聽到渡邊有些激動的問：「你現在在哪裡？」

「還在滋賀。」池田回答。

「楓園附近的機構，又發生類似的案件了。」

「咦？」

池田正要開車門的手停住了。

「和楓園同一個地區的老人養護中心，又發生相同手法的案子了。」

「相同手法？意思是，不是醫療儀器故障？」

「應該是有人刻意為之。」

渡邊的聲音聽起來有點遠。

「什麼時候的事？」池田問。

「好像是今天清晨。」

渡邊說已經用電郵將警方的新聞稿傳過來了。池田掛了電話，上了車，檢查渡邊傳來的郵件。

案發地點是距離楓園三公里處的「德竹會」，一樣是依靠呼吸器維生的九十二歲婦人突然猝死。

機構調查之後，發現和楓園的案子一樣，呼吸器有可能遭人故意停止，遂向西湖署報案。案發現場的「德竹會」和楓園一樣，是照護療養型醫療設施，擁有綜合醫院水準的醫療設備。

應該失能的被害者受到完善的照護，呼吸器卻在這種狀況下停止，如此一來，機構人員自然會受到懷疑。原本的話，這種案子應該會花時間進行內部調查，但因為有楓園的前車之鑑，所以機構立刻就向警方報案吧。

附帶一提，德竹會的新的被害者，目前找不到和市島民男之間的關聯。德竹會過世的九十二歲婦人名叫溝口清子，約七年前入住該機構，起初還能自主生活，但約半年前身體狀況變差而失能，據說是小學退休老師的兒子夫妻每星期會帶孫子來探望一次。已經過世的清子的丈夫，據說以前也是高中國語教師。

池田讀完資料，決定先前往德竹會看看現場。

開過湖邊的馬路，看到建在高臺上的楓園，再開上一段路，經過西湖署前面。地點如此接近，手法又雷同，當然要懷疑是同一人所為。

德竹會拉起了嚴密的封鎖線，無法越雷池一步。

第五章　美麗的湖泊

筆記本的方格線看起來波浪起伏。一格裡塞入兩、三字的自己的繩頭小字，看起來像是在起伏的格線中溺水的人頭。

圭介盯了半晌，連忙想用指頭捏扁筆記本上的文字。格線的搖晃平息下來，差點溺死的文字們停止掙扎。圭介再次用力按住眼頭，繼續寫下後續文章。

這時有人敲門，男照服員探頭進來。

「請問……」

是個染褐髮的年輕人，橘色制服讓他看起來更形輕浮。

「……班長叫我來這裡。」

照服員就要進房間，圭介露骨地表達不悅：「啊，你可以等一下嗎？」

「啊？」

照服員一臉不服，粗魯地關上門。

門外有人咂舌頭：「把人叫來又不讓人進去，什麼意思啊？」

圭介擲下手中的筆，站起來走到窗邊。從德竹會這裡的三樓窗戶，可以看見遼闊的農田，橫亙在遠方的高速公路另一頭是巍峨的高山，天空上的浮雲，投影在田地上移動著。

背後的門又傳來敲門聲，圭介回頭。打開的門縫露出的臉，是照護班班長，姓栗原的女子，她看到圭介那模樣瞬間露出困惑的樣子，但還是開口問：「不好意思，如果還要很久，谷田的順序可以調到後面嗎？」

圭介默不吭聲，對方更加不知所措，有些不高興地說：「因為發生這種事，我們也會盡量配合，但我們還有每天的例行工作……」

「我馬上開始。」圭介回應。

「這樣啊。那就好，我們也有工作要做……」

「我們也是在工作！這種事——找出凶手……是我們的工作。」

圭介打斷栗原反駁說。

「找出凶手？說得好像我們是嫌犯一樣。」

「抱歉。」

栗原似乎還想說什麼，但圭介轉開視線。

一臉目瞪口呆的栗原背後，似乎姓谷口的剛才的照服員慢吞吞地走了進來。這裡平常似乎是職員和入住者家屬會面時使用的房間。

「我是西湖署的濱中，感謝你忙碌之中抽空配合。」

圭介說出從上午已經重複了不知道多少遍的寒暄。

「……你的大名是？」

「谷口。谷口一茂。」

「這個問題每個人都會問到，可以請你說明一下昨晚的工作流程嗎？」

「工作流程？」

「幾點出勤、幾點和誰做了哪些工作、幾點休息，這不就叫流程嗎？」

圭介高壓的態度，讓谷口更不願意開口了。

圭介清早在自家接到聯絡，得知德竹會這裡的住民，九十多歲的高齡婦人，和楓園的命案一樣，因呼吸器停止而過世。

他火速趕到署內，氣氛十分詭異。

搜查本部發生了激烈的爭執。至於部長竹脇，完全如字面形容地抱頭苦惱。

圭介觀看了爭論的風向片刻。刑警們的爭論維持著微妙的平衡，感覺只要有人稍微改變意見，就會兵敗如山倒，風向轉為松本郁子其實是無辜的。

圭介稍微離開搜查本部，在窗邊深呼吸。對松本郁子的訊問不管在時間或精神上都極盡殘酷的時期，圭介在偶然前往的大型超市看到了她。

松本顯然憔悴不堪。她想要將一顆葡萄柚放進購物籃裡，動作卻宛如拿起鉛球般沉重。

圭介忍不住想要逃離現場。但他忽然停下了腳步。因為松本的丈就擋在眼前。

偵訊的時候，松本的丈夫都會接送妻子到警署。起先還會虛張聲勢要保護妻子，但最後總是被圭介和伊佐美打發回去。

「你說，我太太做了什麼？」

站在眼前的丈夫忽然伸手揪住他的肩膀，圭介無路可逃了。

「……吶，刑警先生，你說我太太做了什麼？她明明什麼也沒做，你們卻群起圍攻，對她做了什麼？你說啊！到底要做出什麼事，才會把一個人弄成那副德行！」

丈夫的聲音雖然壓抑，但手傳來他的顫抖。

圭介忍不住回頭。松本站在堆著水果的商品架前，目不轉睛地看著這裡。她一和圭介對上眼，便丟下葡萄柚逃走了。

圭介忍不住倒抽了一口氣。他甚至不知道應該要對慌忙追上去的丈夫背影作何感想才好。

谷口一茂這名德竹會的年輕照服員，在偵訊期間從頭到尾態度都很囂張。簡直就像被叫到職員室的國中生，不管圭介問什麼，他都摳著指甲，只應：「沒有啊，就跟平常一樣。」

上大夜的谷口昨晚八點前出勤，和班長栗原一起工作。谷口好像知道圭介已經問過栗原了，一次又一次打斷他的話說：「既然你都知道了，就不用問了吧？」

「那麼，昨天沒有住民身體有狀況，上班情形也和平常一樣，是嗎？」

「我不就這麼說了嗎！」

「你一直和栗原在一起，對嗎？」

「沒有連上廁所都一起啦。」

谷口嗤之以鼻地說。

現在雖然似乎是個認真工作的照服員，但從他這種視警方為眼中釘、對偵訊也毫不畏懼的態度來看，青少年時期肯定做過不少荒唐事。

「從昨天晚上到今天早上，有沒有會面訪客……」

「就說沒有那種可疑人物了啦！」

一直抖腳的谷口終於放聲大吼。但圭介彷彿沒聽到，一字不差地重複相同的問題：「從昨天晚上到今天早上，有沒有會面訪客，而且是第一次來的人，或是有可疑人物？」

谷口咂了一下舌頭，作勢要起身。

圭介搶先站起來，用力按住他的肩膀。

「請坐下來。」

「已經夠了吧！」

「給我坐下。」圭介在他耳邊喃喃。「……不給我認真回答，你就會變成凶手。」

此話一出，圭介自己嚇到面色蒼白。他自以為是在嚇唬對方，但發現自己是真心的。

「嗄？」

谷口一臉傻眼。

「或許還會再請教你一些問題，到時候請你再次配合。」

圭介沒有叫他出去或留下來，但谷口也沒告退，便粗魯地關上門離開了。

谷口一走掉，伊佐美馬上就進來了。他看著離開走廊的谷口，問：「怎麼了？出了什麼事？」圭介回答：「不，沒事。」

「這次的凶手就選他嗎？」

伊佐美哼笑著說。

伊佐美走近窗邊，俯視窗下：「嗯？」圭介訝異怎麼了，想要走過去看，但伊佐美推開他的肩膀離開房間了。

圭介沒有跟上去，俯視窗外。

有個年輕男子翻越柵欄，正要出去田地。應該拉了封鎖線，男子似乎是從某處溜進園區裡來的。

圭介開窗，探出上半身。

就在這時，伊佐美跑出了建築物。

他隔著柵欄叫住男子。男子也順從地停下來。

回頭的男子雖然不認識，但似乎是記者。是那種氣質。伊佐美翻越柵門追上男子。圭介只是看著。

○

「喂！站住！」

池田走在田埂上，背後傳來叫聲。

回頭一看，自己剛翻越的醫院柵欄另一頭站著一名中年男子。從外貌看來，似乎是刑警。瞬間池田也考慮拔腿就逃，但不覺得逃得掉，便乖乖站住了。

貌似刑警的男子慢條斯理地翻越柵瀾。抬頭一看，三樓窗戶還有一個一樣像是刑警的男子。這一個還很年輕。

「你來這裡有什麼事？」

男子走近質問，池田露出模稜兩可的表情。男子似乎果真是刑警，以銳利的眼神瞪過來。

「我是記者。從東京來的。」

池田據實以告。男子似乎也大概猜到了，表情不變：「園區應該禁止進入。你是哪一家的記者？」

池田遞出名片。

就是這時候，刑警的表情變了。他慢慢地讀出名片上的出版社名和池田的姓名。

「……你就是池田？」

被刑警從頭到腳細細打量，池田反問對方的身分：「不好意思，我們見過嗎？」

「我是西湖署的伊佐美。」男子回答。

這名姓伊佐美的刑警似乎知道池田，池田卻對他毫無印象。他正在回想，伊佐美說：「還以為會是更資深的記者。」

「抱歉，恕我冒昧，我們見過嗎？」池田再次追問。

「沒有。」伊佐美搖頭。

下一秒，一段話忽然掠過池田的腦際。是告訴他藥害事件當時的西湖署內部狀況的退休刑警河井的話：

「當時我也還是個熱血漢子。雖然負責的部門不同，但當時署內的狀況，我記得一清二楚。不，我想忘也忘不了……確定無法成案的瞬間，負責那起藥害事件的刑警們全都嚎啕大哭。他們一定太不甘心了。都幾歲的大男人了，居然不顧他人眼光，就那樣放聲大哭起來。」

不知為何，號啕大哭的大男人身影，和眼前這名伊佐美刑警重疊在一起了。考慮到歲月的流逝，當時他一定還是個血氣方剛的菜鳥刑警。

那麼，將據說是極機密文件的當時的偵查資料交給河井的，或許就是這個伊佐美。

伊佐美想要改變退休刑警河井稱為組織心理創傷的現在的西湖署的體質。他對現在的西湖署感到絕望。

「你認識西湖署的退休刑警河井先生嗎？」池田套話說。

瞬間，伊佐美眼神飄移。

「河井？不認識。大概幾歲的人？」

伊佐美那種假惺惺的態度，看上去反而像在渴望說出自己就是提供線報的那個人。

「……進警界的人，沒有一個是想要作奸犯科的。而是相反。只有滿腔正義感、絕不放過非法惡行的人，才會跑來當警察。」

腦中再次響起河井的話，但即使在這裡揭開底牌，對彼此也沒有好處。把話說白了，只會在這裡剪斷兩人的聯繫。

池田只能扛起伊佐美的遺憾，揭開藥害事件的真相。所以若伊佐美就是揭密者，從某個意義來說，他等於是捨命背叛了組織。

「不好意思，我認錯人了。」池田道歉說。

「警署裡有好幾個河井嘛。」

對話走向相當奇妙，但伊佐美也想讓這段奇妙的對話就這樣莫名奇妙地結束。

「對了，這個護理之家現在禁止進入。」

伊佐美回到正題。池田老實地為非法侵入道歉，擺出記者派頭提問：「這次的死亡事件，和楓園的案子有關嗎？」

「這部分警方正要調查。」伊佐美冷冷地回答。

池田默默地行了個禮，準備離開。

伊佐美也沒有挽留，但池田走了一段路，忽然被叫住了：「啊，等一下。」回頭一看，伊佐美小跑步過來。

「會像這樣偶然遇到原本不應該會遇到的人，也算是某種緣份吧。」

有些氣喘吁吁的伊佐美說了起來。

「我告訴你一個關於楓園嫌犯的情報，是未公開情報。在楓園上班的女照服員提供給警方一段影片，說是在YouTube看到的。」

「影片？」

「對。影像是有人從外面走進楓園的園區，一路走到案發地點的市島民男的房間前面，然後就結束了。當然，沒有證據就是凶手上傳的影片。更進一步說，也有可能是訪客出於好玩的心態拍下來的。不，隨手拍下的可能性更大。但如果只是拍好玩的影片，卻查不出上傳的人是誰，相當奇怪。雖然應該就是因為無關，才會查不到吧。」

「請問，那段影片在哪裡？」

「現在也看得到，搜尋一下就有了。」

伊佐美打開YouTube網站，池田將網址拍下來。這時他忽然好奇心起：

「為什麼要告訴我這個情報？」

「我也不曉得為什麼。可能是希望你好好努力吧。」

這說法有些作戲。

這時，池田忽然發現：啊，或許伊佐美就是想告訴他這句話。YouTube影片其實只是托詞，或許他是想把這句鼓勵告訴從某個意義來說，將自己的命交付出去的年輕記者。

池田重新觀看伊佐美告訴他的YouTube影片。

不管反覆看上多少次，就像伊佐美說的，影片平凡無奇，難以認定與案情有關。

不知道是傍晚還是清早，有人從稍遠處走近楓園。手中的鏡頭晃動得很厲害，有時還會拍到腳下。影像沒有直接進入正面玄關，而是從停車場繞到建築物後方，從逃生門進入室內，然後結束。

但重複看到第三次的時候，他忽然注意到一件事。

在穿越停車場時，鏡頭稍微向下的瞬間，掃到了一點白色的衣襬，不曉得是攝影者身上的大衣還是某些東西。

是女人的薄大衣嗎？

池田將原本開向車站的車子掉頭，轉往楓園，想要看看拍攝這段影片的地點。雖然看了也不能如何，但他總覺得好像從刑警伊佐美手中接下了奇妙的棒子。

途中他覺得餓了，打算先填飽肚子，將車開進街道旁的日式料理家庭餐廳。雖然是大馬路邊，周圍景色卻一片蕭條，停車場後面就是一大片田地。

下車之後，拉上鐵鍊的停車場對面的人家前，停著一輛眼熟的車子。是露營款式的吉普車……

池田想到了。

是剛才的YouTube影片裡拍到的車。停在楓園的員工停車場裡的其中一輛，記得去那裡採訪的時候，也和車主的女照服員班長聊過，雖然不記得名字了，但當時她剛好從車上下來，池田稱讚那輛車，順便攀談，兩人從命案到露營車款，聊了相當久的時間。她應該提過她很會替員工艾灸。

池田回想起這些，看著車子，結果那名女子從家裡走出來，搬動玄關前面的盆栽。

果然是她。

她也發現一直在看她的池田了。

「不好意思，妳是楓園的員工對嗎？我是以前去採訪過的東京出版社的人。」

池田跨過圍住停車場的鍊子走近。

女子似乎也還有印象，點頭應著「哦」。

「我剛好想來這家餐廳吃飯，看到妳的車。露營款的吉普車真的好帥呢。」

池田悠哉的口吻似乎解除了女子的戒心。池田遞出名片，再次鄭重地打招呼。女子果然是楓園的照服員班長服部久美子。

她背後的房屋，是小木屋風格的時髦透天厝，玄關旁甚至有像是手作的鞦韆風長椅。服部好像是出來澆花的，手中拿著空的澆花器。

「你是來採訪德竹會的事嗎？」

服部問，池田坦率地點頭說「對」。

服部誇張地嘆了一口氣，喃喃道：「真是，到底是怎麼回事呢？想到這下德竹會的人就要被懷疑了，我真是同情他們。」

這時，背後傳來踩過碎石地的腳步聲。

回頭一看，一群男生從似乎是捷徑的隔壁家庭餐廳停車場跨過鍊子走過來。

定睛一看，領頭的是個女生，邊走邊用手機錄影，男生們跑到鏡頭前，跳著奇怪的舞，女生對他們那模樣哈哈大笑。

「現在好像流行把那種影片傳到叫什麼豆音的APP上。」

一旁的服部告訴池田說。

從年紀來看，其中一個應該是服部的孫子吧。

共有五名青少年，男生們也因為個子矮，看起來都很稚氣，相對地，一點紅的女生顯得很成熟。

「三葉，妳去哪裡了？」

聽到服部的問題，女生冷冷地回應「湖畔購物中心」。看來女生是她的孫女。

「去做什麼？」

「拍影片。」

服部對孫女說話的時候，其他男生直接進入屋內，各自抱著包包又跑出來，接著七嘴八舌向服部道別說「打擾了」，又跨過鍊子，跑回馬路。

然後不知為何，服部的孫女又跟著眾人走掉了。

女生長得很可愛。

池田不經意地看著孩子們，服部笑說：「真是吵吵鬧鬧，對吧？」

「是妳的孫女嗎？」池田問。

「對，是隔代教養。她成天像那樣帶著一群男生到處跑，真是丟人。」

「她長得真的好可愛，一定很受男生歡迎。」

「是嗎？最近的男生，每一個都乖乖的，而且很溫柔。」

「好像是呢。」

「他們都說是我孫女的粉絲，我孫女吵著要什麼，他們都會聽。感情好是不錯啦，可是我孫女很容易得意忘形，把那些男生當成自己的僕人使喚。野成那樣，真丟人。」

「他們是……？」

池田忍不住回頭看孩子們離去的方向。

「今天天亮以前，我載大家去湖邊賞鳥。不過我只負責接送而已。」

「賞鳥？」池田複述。

「從他們小學的時候，我就會帶他們去賞鳥，所以那些男生的父母也都很放心把他們交給我。」

「這附近也能賞鳥嗎？」

孩子們在天亮前去進行的賞鳥活動，讓池田也感到有些好奇。

「只要去到湖邊，哪裡都可以看到鳥，不過琵琶湖很大，所以北邊跟南邊聚集的鳥也不一樣。可是有廁所和自來水的地方還是比較方便，所以都會去露營區附近，今天早上是借西湖野鳥中心的小木屋。」

池田聽著服部說明，一邊想像黎明前的湖畔景致。當然，先前的採訪中，他看到了萬里無雲的湖泊，以及雨中的湖泊等萬種風情，但可以想像，野鳥在朝霞中的湖面紛飛的景象，肯定格外動人。

「從日出到天整個亮起，孩子們都聚精會神地用望遠鏡看鳥，讓我覺得帶他們去真是值得了。」

「從小學的時候，就讓孩子們自己去賞鳥嗎？」

雖說是黎明時分，但湖畔應該很黑，因此池田忽然感到疑問，這麼問道，結果服部突然變得像在辯解：「小學的時候，我或是我那口子都會全程陪伴，可是孩子們上了國中，就嫌我們在那裡礙眼了。可是我們還是會送熱湯過去什麼的，所以不是全程只有小孩子自己留在那裡。」

她似乎覺得池田在責備她。

碎石子地又發出聲響，回頭一看，只有服部的孫女回來了。

池田想要改變一下氣氛，搭話說：「聽說妳喜歡賞鳥？」

聽到池田這麼問，少女停下腳步，表情成熟地點頭應道：「還好。」

「這一帶有什麼野鳥？」

「很多，罕見的鳥類的話，有赤翡翠那些。」

「赤翡翠？」

「翠鳥的一種，身體和嘴巴是全紅的，所以很受歡迎。」

「很小嗎？」

「比鴿子小一點。」

雖然態度冷漠，但少女有問必答。

「要是能做湖邊野鳥的彩頁特輯就好了。」

池田有感而發，但這話並不是想要討少女歡心。

「啊，對了，這位是東京的雜誌社記者。妳阿公有時候不是會買週刊嗎？就是那家雜誌社。」

聽到服部的話，少女的眼神看似有些不同了。

「妳好。」池田寒暄說。

「那本週刊有偶像的彩頁對吧？」

少女問，池田也直率地回答：「有啊，刊頭彩頁。」

「您是彩頁的負責人嗎？」

「不是，新人的時候做過一陣子，但現在都寫專題報導，所以才會覺得要是能做野鳥的彩頁，應該可以轉換心情。」

這是池田的真心話。

「啊，要不要進來坐一坐？也有三葉拍的照片。」

服部提議，池田望向三葉本人，她雖然沒有特別歡迎的樣子，卻也不像不樂意。

「可以嗎？」池田問。

三葉也微微點頭：「沒關係啊。」

服部說別站在玄關聊，請池田進客廳坐。丈夫似乎不在，室內也是小木屋的格局，家具以北歐風格統一，牆上掛著裱框的雪山照片，也許是自己拍的。

一會兒後，三葉從似乎是二樓自己的房間抱著幾本相簿下來了。她將相簿放到矮桌上，自己站在旁邊。不知道什麼時候換了衣服。

「妳跟人家說明一下吧，記者先生又不知道是什麼鳥。」

好像在廚房泡茶的服部傻眼地說。

打開相簿的三葉在池田旁邊坐下來，仔細地為他說明野鳥。談到野鳥，她的語氣便不知為何變得童稚，反而讓人感受到她對野鳥的喜愛。

「這就是剛才說的紅翡翠。九州南部和沖繩有很多，這邊也有不少，不過不是隨時都可以看到，所以要是能看到，算是有點幸運。」

「比想像中的更紅呢。」

「紅翡翠會吃青蛙那些，獵食的時候很凶暴。」

「很凶暴？」

這個形容詞與那漆黑可愛的眼睛格格不入。

三葉其他也展示了黃小鷺、彩鷸、佛法僧等名字很陌生的野鳥照片，熱心地說明牠們各別的生態。不知何時泡好茶的服部也在旁邊坐下來，聆聽孫女說明。

池田喝著招待的茶，第一本相簿解說完畢，話題要移向湖畔的賞鳥活動時，他先借了廁所。但一樓廁所好像有點堵塞，不方便使用，因此三葉帶他去二樓洗手間。一上樓梯就是三葉的房間，房門開著沒關。

「這邊。」

短廊深處有洗手間的門。池田道謝入內，立刻聽到三葉下樓梯的腳步聲。

小解完去到走廊，池田不經意地看了一下三葉的房間。是國中女生的房間，散發著一股不同於香水的甜香。

書架上還有好幾本野鳥相簿，其中的幾個空缺，似乎就是三葉挑出來給他看的精選。望向下層，書背上是「照護醫療知識」、「照護福利入門」等文字，應該是服部將自己的書放在這裡。

一樓傳來服部的笑聲。池田走下樓梯。

桌上打開了另一本相簿。這本似乎不是野鳥照片，而是在湖邊各地的賞鳥地點拍的紀念照。

「先給記者先生看地圖比較好吧？」

聽到服部的話，三葉從相簿後面拿出似乎是自己畫的湖邊地圖。那是一幅精心繪製的地圖，註記著露營區和野鳥中心的地點，並詳細寫下在可以觀看到的主要野鳥種類。

下一秒，池田忍不住探出上半身。

三葉隨手翻頁的相簿裡，有她和朋友們身穿白袍的照片。

照片裡的是站在寫著近江水鳥公園的石碑前的三葉和朋友，每個人都穿著一樣的白袍。白袍很寬鬆，似乎是成人尺寸，有些孩子的袖子摺起好幾層，其中也有男生的衣襬拖地。也許是因為這樣，照片予人的感覺相當詭異。

「為什麼大家穿著白袍？」池田問。

眼角餘光瞥見三葉看了服部一眼。

「這些孩子是生物社的學生。剛才那些男生也都是生物社的。」

或許是心理作用，服部的語速變得有點快。

「哦，生物社啊。」池田瞭解了。

服部的口氣變得更急，問三葉說：「你們是在調查湖裡的水草什麼的生態對吧？」被問到的三葉厭煩地訂正：「就說不是水草了，是水草上的害蟲啦。」

「害蟲？」池田忍不住重複。

三葉的口氣有些冷漠。

「最近的國中生都研究一些奇怪的東西。」

服部誇張地笑起來。三葉看起來還想再多說一些害蟲的事，但被服部這樣一笑，似乎心生不悅，突然起身說：「已經可以了嗎？」她想回去二樓了。

「啊，抱歉。謝謝妳告訴我這麼多。」

池田道謝。三葉踩著咚咚腳步聲上樓去了。服部傻眼地仰望二樓，池田對她微笑，又翻起相簿。

聽到是生物社的學生，就不覺得有何奇怪了，但看在池田眼裡，穿著白袍的學生那模樣不知為何顯得醜怪。

下一秒，池田的手停住了。

一樣是穿白袍的學生們在其他地點拍的照片，但上面貼著寫有日期的貼紙，是楓園的市島民男遇害的那一天。因為是連續相同的數字，他記得特別清楚。

「啊，已經這麼晚了。」

這時服部忽然慌了起來，她說差不多得準備去上班了。

池田也立刻起身，說或許還會再來請教她楓園的事，接著雖然是客套話，他說如果真的能做今天看到的湖邊野鳥的彩頁，也會再來請教，隨後告辭服部家。

池田一邊回車子，一邊忍不住苦笑。儘管覺得太扯了，他卻不知何故，將從松江那裡聽到的往事中的那些男孩們，和三葉他們的身影重疊在一起了。

他一上車，便立刻打開剛才伊佐美刑警告訴他的YouTube影片。

前往楓園的鏡頭大大地搖晃，照到腳邊的那瞬間。疑似女裝白色大衣的衣襬，看起來也像是白袍。

池田再次苦笑。

不可能啦……

除此之外，他沒有別的感想了。

池田打電話訂了以前下榻的飯店，開車過去。開了一段路，便來到了湖邊。

就在這時，踩著油門的腳忽然鬆了開來。他自己也不知道發生了什麼事，連忙再次踩油門。幸好沒有後續車輛，只是與前方車輛拉開了車距，但自己剛才一定是注意到什麼，意識才會從駕駛轉移開來。

下一秒，他「啊」了一聲。

掠過車窗外的，是寫著「西湖野鳥中心」的看板。

接著他又情不自禁地出聲：「白袍。」下一秒，不同時代與地點的孩子們的身影重疊上來。

剛好遇到寬闊的路肩，池田停下車子。

他立刻用手機打開這一帶的地圖。首先查看事發地點的楓園和德竹會的位置，接著與湖畔的露營區和野鳥中心連在一起。

距離楓園一・二公里，步行約十五分鐘的地方，有一處朝霧露營區。接著調查靠近德竹會的西湖野鳥中心的路徑，這裡比較遠，約兩公里，但一樣在可以徒步前往的距離內。

池田做了個深呼吸。從旁邊呼嘯而過的大貨櫃車的風壓讓車體搖晃了一下。腦中浮現的是圍繞在失能的市島民男床邊的男孩們。他們背後站著交抱著手臂的三葉，池田忍不住背脊發涼。

「不，這太扯了……」

如此喃喃，心裡就篤定了些。說出聲來，就覺得這想法太荒唐了。

「太扯了……」

但池田還是又重複了相同一句話。

他發現手機在響，按下接聽。是總編渡邊打來的。

「喂，池田嗎？剛才警方聯絡，說抓到把你推下河的那夥人了。」

「咦？」

因為太突然了，池田一陣慌亂。

「逮到的是那一帶的小混混，他們說是搞錯人，誤把你丟進河裡。」

「搞錯人？」

渡邊說，從旅館街的監視器畫面追查到的是四名男子，其中一人供稱池田長得很像睡走他前女友的男人，想要教訓一下，所以將他綁走，惡作劇將他推下河。

「才不是這樣……」

被擄到車上的期間，對方完全沒有提到這類事情。

「這絕對是掰的。絕對跟議員有關……」池田申辯著。

「我也這麼覺得。其實警方聯絡之後，發生好玩的事了。」

「好玩的事？」

「對，上頭指示下來，要我們別再追藥害事件。」

「咦？什麼上頭？」

「上頭就上頭啊。」

「怎麼回事？」

「我猜是咱們高層跟某人做了某些交易吧。要我們不再追查藥害事件，但條件是對方要提供更好的材料……」

「渡邊大哥。」池田插口。「更好的材料是什麼？你已經知道了吧？」

也許是因為池田的語氣過於確信，渡邊笑了出來：「你也在不知不覺間成長了嘛。」

「告訴我吧。」

「前陣子剛結婚的知名政二代議員的私生子醜聞。而且私生子的母親是人氣偶像。」

池田感到全身的血唰一聲流光了。基於大眾雜誌的特性，二十年前之久的藥害事件，與超過七十年前的七三一部隊的關聯，在知名政二代議員和人氣偶像的私生子醜聞面前，徹底黯然失色。

「那總編也同意了嗎？」

池田問，語氣就像早已死了心。渡邊沒有回話。忽地，腦中浮現刑警伊佐美的臉。不是現在的他，而是二十年前被宣告無法起訴藥害事件，放聲大哭的年輕時候的伊佐美。

「很不甘心對吧？不過，逐漸習慣這樣的不甘心，也是我們的工作之一。」

渡邊就要掛電話。池田挽留：「請等一下。」他問：「楓園那邊，我可以繼續追查下去吧？」

「哦，那邊沒關係，繼續查。不過有件事我得先說一聲。你也很快就會瞭解這個世界的運作原理了。」

掛斷電話的瞬間，身體陡然沉重無比。他覺得事件和犯罪這些，變得宛如可以用金錢和權力買賣的商品。之所以必須贖罪，不是因為鬧出事件或犯罪，純粹是因為沒有金錢和權力。

○

圭介正在整理堆積如山的文件，生活安全課的女警走了進來，沒有特定對象地說：

「櫃臺有民眾說有關於楓園的案子的事要說。」

之前也發生過同樣的事。是佳代來提供YouTube影片那時候。一旁的伊佐美似乎也立刻想到了，站起來說：「這次又是誰？」

「好像是楓園的照服員，對方要求見承辦人。」

女警說了和上次一樣的話，但說的人自己好像不記得了。

圭介有了不好的預感，立刻追上伊佐美。

不好的預感成真了，和上次一樣，佳代站在交通課櫃臺旁邊的自動販賣機前。

「怎麼，又是那個女的？」

伊佐美在樓梯中間停下腳步。

圭介暫時默默佇足在伊佐美旁邊。

「她又發現什麼了嗎？」

伊佐美悠哉地走下樓梯，態度輕鬆地招呼：「前些日子謝謝妳了。今天又有什麼事嗎？」

然而被搭話的佳代卻劇烈顫抖著，模樣極不尋常。

「那個……是我幹的。是我……停掉市島先生的呼吸器的。」

這話實在太唐突了。不只是圭介，伊佐美也毫無心理準備，因此花了許久才理解佳代匆匆說出口的話是什麼意思。

「嗄？」

良久之後，伊佐美才如此反問。

「不好意思。」

圭介忍不住拉扯佳代的手。伊佐美也在這時後退。

「咦？不好意思……妳剛才說什麼？」

伊佐美問。那口氣就像想到什麼好笑的事。

「學長，不好意思，可以讓我處理一下嗎？」

直覺敏銳的伊佐美看到圭介慌亂的樣子，似乎察覺兩人的關係了。刑警和涉案人發生男女關係，是豈有此理，但伊佐美也並非完全沒有這種經驗。

實際上，圭介就聽說過伊佐美和某名男性涉案人的情婦發生關係，後來分手時鬧翻，女人還找上署裡來鬧事。

「可是，她剛才說是她停掉呼吸器——」

伊佐美打趣地重複佳代的話。

「學長，這裡讓我處理……」

伊佐美一把抓住慌了手腳的圭介肩膀，繼續虧他：「那怎麼行？這可是不折不扣的自白欸。」

然後他粗魯地推圭介的肩膀：

「……不能站在這裡說。去偵訊室好好問清楚。」

佳代站在兩個男人面前，一動也不動。

「妳過來。」

圭介抓住佳代的手，想要將她帶出外面，但伊佐美還逗不過癮，擋住去路，努努下巴說：

「偵訊室在二樓吧？」

圭介覺得在這裡爭執會引來側目，無可奈何地拉著佳代的手上二樓。

原以為伊佐美也會跟上來，但幸好他似乎沒惡劣到這種地步，開始和交通課的新進女警調笑。

圭介將佳代推進走廊最裡面一間偵訊室，怒吼：「喂！」

一關上門，便聞到佳代的氣味。是她平常擦的身體油的味道。

圭介要佳代在摺疊椅坐下，自己也坐到前面。只剩下兩人獨處後，便稍微鎮定了一些。

「對不起。」

佳代一如往常，垂下溼潤的眼睛。

「妳這是幹嘛？」

佳代只是垂下目光，就像平常那樣，等待接下來的指示。

「喂。」

下一秒，佳代嚅囁地說了起來：

「是我幹的。是我……停掉市島先生的呼吸器的。」

「喂！」

圭介忍不住暴吼。累積的煩躁在這時一口氣爆發，他忍不住兩手拍桌，佳代嚇得拱起肩膀。

「妳是真的瘋了吧！這裡是警察署啊！妳知道妳在做什麼嗎？這裡不是讓搞妳那套的地

方！」

「是我幹的……是我……」

然而佳代仍想繼續虛假的自白。

「妳溼了嗎？」圭介以氣音問。

佳代微微點頭。

圭介站起來，硬是將佳代也拖起來。

「……回去。」

他只說了這兩個字，就將佳代推出偵訊室了。

佳代在走廊站了片刻，最後死心地走下樓梯，就這樣離開了。伊佐美從交通課的櫃臺興味盎然地看著這一幕。

○

德竹會後方的田地延伸而出的小徑，連到通往車站的縣道。

沒有紅綠燈，正在等待車流中斷的時候，工務店的小卡車為他放慢車速，讓他進入車道。池田駛入馬路，閃大燈致謝。

開上縣道後，很快就遇到一家超商。池田轉動方向盤，開進寬廣的停車場。這裡是離德竹會最近的超商。他將車子停在店前，查看手機，再次確認從剛才出發的湖畔的「西湖野鳥中心」和德竹會連結的路線。

當然，走這條縣道是最近的，但若是經過田間小徑或聚落，要怎麼走都行。去程他也確定過了，縣道沿線左右共有四、五家超商和家庭餐廳。每一家都是大馬路旁設有大型停車場的郊區店，應該不會有監視器連縣道的人行道都拍進去，但若是加油站，捕捉進出車輛的位置或許會設有監視器。

池田下了車，查看超商的監視器位置。門口的自動門上有一臺，但從角度來看，不可能連人行道上的人都拍到，停車場則沒有監視器。

池田進入店內。他假裝挑選冰茶，查看櫃臺旁邊和店內的監視器，但從角度來看，應該只拍得到店內。

他拿著茶到櫃臺結帳。幸好沒有其他客人，顧櫃臺的是別著店長名牌的男子。

「那個，我想請教一下。」池田遞出冰茶說。

熱情的店長面露笑容說：「什麼事呢？」

池田直接表明自己是東京的雜誌記者，是來採訪德竹會的事件，問：「您記得案發當天，清晨左右，天快亮的那個時段，有沒有國中生年紀的一群小孩來過店裡？」

店長的臉僵了一下，但立刻回溯記憶說：「國中生？不確定吔，早上我大概都在店裡……」

「我想應該是三點到六點這段時間。」

「哦，凌晨嗎？那沒有。你說一群國中生是嗎？」

「也許是五、六個人一起，也有可能只有一個女生。」

「不確定吔，不過如果三更半夜有那個年紀的女生來買東西，我一定會記得。而且這裡晚上幾乎沒有客人。國中社團活動的學生再早也都是七點過後才會來。」

店長的記憶似乎可以信賴。當然，穿便服的國中生有可能看起來很老成，但小孩子這種生物，在夜裡就會顯得特別童稚。

「請問，監視器只有這裡和店內，還有自動門上那一臺對嗎？」

池田自以為問得輕描淡寫，不引起疑慮，但店長的臉還是浮現警覺：

「這種事必須警方出面……」

「不好意思。謝謝您。」

池田匆匆告辭。他回到車裡，在筆記本寫下超商分店名，註明監視器位置，以及無目擊情報。

發動引擎，再次回到國道。接著停車的地點是全國連鎖的家庭餐廳，他進店之後，便假裝等人，在店內走動，查看監視器的位置。這裡一樣沒有可以拍到大馬路的監視器，營業時間從早上九點到深夜一點。

回到車子，繼續在國道前進。在大型十字路口迴轉，前往對向車道的加油站。那是一家自助式加油站，監視器數目也很多，果然也有鏡頭對著縣道。不過加油站也不可能讓他看監視器影像，池田只記下監視器位置，直接返回縣道。

後來他還去了兩家超商，但顧櫃臺的都是打工人員，無功而返。

池田暫時在野鳥中心的停車場下車。天空烏雲密布，似要下雨，卻悶在那裡要下不下，只有溼氣纏繞在皮膚上。

池田徒步穿越露營區，前往湖畔。湖面有許多水鳥正在休息。

太陽將湖面照出萬千色彩，緩緩西下。這過於田園的景致，突然讓池田覺得自己的想法簡直瘋狂。

來賞鳥的三葉和男生們快步經過黎明前的縣道前往醫院，停止接在失能老人喉嚨上的呼吸器。這樣的想像在腦海中排徊不去，但當然沒有任何根據。若說有的話，就只有松江的回憶、那幅在冰中沉睡的孩子們的畫，然後他將照服員服部的孫女和朋友的身影重疊上去罷了。

松江的回憶裡出現的男孩們，散發出罪惡的氣息。不知為何，他覺得現在這座湖泊也瀰漫著那股氣息。

池田觀賞了在湖面嬉遊的水鳥片刻，做了個深呼吸。有股受到驅使的強烈衝動。似要看見，卻又看不見的焦躁。

回到停車場，正要開車門的時候，背後傳來男聲：「不好意思。」回頭一看，西湖署的伊佐美就站在那裡。

「啊……」

池田忍不住嘆氣。既然他在這裡，表示自己很有可能被一路尾隨。伊佐美一直走到侵犯社交距離的位置來。若是車子，就像是逼車的距離，但本人似乎完全不在乎，難道這是他平日與人相處的距離？

「這一帶的超商有什麼嗎？」

伊佐美挨得更近了。池田反射性地就要說「沒有」，但眼前的男人有可能成為友軍。

「……署裡接到通報。是這附近的家庭餐廳報的案，說有可疑男子在查看監視器的位置。你在偷偷摸摸調查什麼嗎？」

表情嚴肅，但語氣帶有親近感。

「我們的工作本來就是偷偷摸摸調查。」池田回答。

仔細一看，伊佐美的襯衫衣領髒污醒目，似乎一直沒有更換。

或許實際上就是忙於辦案而無法回家。池田腦中忽然浮現熬夜趕工到天亮的編輯部。

「……你也在對面的超商打聽是不是有一群國生中在深夜到清晨這段時間進店裡，對吧？這是在採訪什麼？」

池田立下決心。橫豎沒有警方協助，也看不到店家的監視器畫面。

「我把手上的情報告訴你，不過我也需要一些回報。」

池田刻意在商言商地說。

伊佐美似乎也覺得劃清界線比較好，應道：「有消息我會第一個告訴你，不過只限於可以公開的情報。」

「可以請你查一下連接西湖野鳥中心和德竹會的路上的監視器嗎？」

池田單刀直入地拜託。伊佐美聞言皺起眉頭。

「既然你一直跟著我，應該也已經猜到了。」

「監視器拍到什麼？國中生是指什麼？」

伊佐美突然催促起來。

「請等一下，我照順序說。」

「德竹會裡的監視器不用說，附近的監視器，我們警方應該都看過了……」

「德竹會周邊都是田地，幾乎沒有商家或住家裝設監視器吧？我不是說那些，而是從西湖野鳥中心到德竹會之間的路線。」

「所以說，監視器拍到什麼？你說的一群國中生是指什麼？……有誰提供線報嗎？」

「請、請冷靜一點。」

池田忍不住安撫似乎失去冷靜的伊佐美。在這時候說出不是任何人提供的線索，更進一步說，只是類似自己的直覺，是很容易，但警方不可能基於這種理由而行動。

因此池田故意裝出煩惱的樣子。

「……我好歹也是媒體圈的人，再怎麼樣都不能透露消息來源。」

也許是演得夠逼真，伊佐美似乎相信池田的說詞了。

這天在返回東京的新幹線上，池田身陷一股奇妙的亢奮。向車廂內販賣的推車買了罐裝啤酒時，他甚至忍不住喃喃「乾杯」。

雖然毫無根據，但他覺得伊佐美返回署裡後，理所當然會在監視器影像中發現前往德竹會的服部孫女和朋友們。

署裡一定會鬧翻天，接著在楓園的案子裡，一樣找到拍到三葉和朋友們的監視器影像。

他不知道孩子們基於什麼樣的理由，要殺害靠呼吸器維生的老人。但三葉喃喃「害蟲」的殘響，不知怎地就是在耳底縈迴不去。

這次的事件，他覺得一切都像是在冥冥中受到引導。在為了其他報導採訪而停留的舊琵琶湖飯店特別展示室，偶然接到楓園的命案消息。而當時室內展示著被害者市島民男的照片。追查市島民男經歷的過程中，得知了舊滿州七三一部隊的歷史。在過程中見到了松江。而連結她的往事回憶與三葉等人的，就是湖泊。

池田只喝了一罐啤酒，打開推特。

先用服部的孫女三葉就讀的國中名稱等搜尋。一下就找到學生們的推特帳號了，簡單得出乎意料。其中也有人使用本名，和已經設法弄到手的國中學生名簿相比對，也很快就找到感覺和三葉有關的學生帳號。

野鳥、露營和生物社等關鍵字成了重要線索。照這樣繼續縮小範圍，從學年和行動範圍等，找到了疑似三葉同班同學的兩個男生的帳號，其中一人用的是本名。調查這兩人約五十人的追隨者帳號，找到了可能是三葉本人的帳號。帳號名是miiii1。有可能是來自三葉的首字母。

〈今天補課有夠累！〉

〈白川眉的寫真集超讚！〉

內容平凡無奇，但最近也頻繁推文，其中讓他確定就是三葉的帳號沒錯的，是貼上漫才節目電視機畫面的貼文照片，室內景象無庸置疑，就是服部家的客廳。
疑似三葉的帳號沒有設成私人，幾乎沒有追隨者，似乎只用來跟朋友交流。
池田回溯以前的推文，但看到的還是一樣，全是自言自語般的短文，偶爾會轉推動畫電影預告，或偶像團體的演唱會訊息。
池田之所以迫不及待，是因為繼續回溯下去，德竹會和楓園的案發當天應該也會有推文。
池田查看自己的行事曆。他先查看了拜訪服部家的日子，但當天和隔天都沒有推文，前天只有朋友教她遊戲破關方法，為此開心的推文，別說池田來訪，連暗示事件的推文都沒有。
儘管有些失望，但池田繼續一路回溯到楓園案發當天的推文。中間的推文只是潦草瞄過去，但楓園命案當天以及前後幾天都沒有特別推文，只轉推了像變魔術一樣簡單摺T恤的教學影片，以及年輕漫才師的搞笑影片。
繼續閱讀楓園命案以前的推特，出現許多在湖邊拍到的野鳥照片，但也沒有特別的說明文字。接下來推文次數減少，一星期一次，或兩星期一次，只上傳了拍攝湖景或野鳥的照片。
就在下一刻，畫面無法捲動了。同時出現了三葉的第一則推文。是約一年前的夏季。
池田盯了那則推文半晌。他無法移開視線。他覺得這則推文出人意表，也彷彿早在意料之中。

應該是三葉的這個帳號，第一則推文是分享Yahoo!新聞的連結。沒有附上個人評論。分享的是發生在神奈川縣精神障礙人士安養機構「津久井山百合園」的大屠殺事件報導。時年二十六歲的該機構男職員刺殺了十九名智能障礙的住民，並造成二十六人輕重傷，是戰後死傷最慘重的大屠殺事件。凶手有吸食大麻的案底，犯案前曾前往眾議院議長公邸，遞交主張「實現障礙人士安樂死的世界」、以及寫有大屠殺計畫的信件。此外，凶手落網後，仍不斷做出「沒有生產力的人沒有活下去的價值」的發言。

池田離席前往洗手間。他不顧衣物被弄溼，潑水洗臉。

如果那個帳戶就是三葉，那麼她就是被那起事件觸發而玩起推特的。池田混亂起來了。感覺一切即將連在一起了，他卻害怕真的有所關聯。他再次粗魯地洗臉。噴濺的水花打溼了衣領和背部，流淌至胸口。

池田回到東京第四天，伊佐美捎來了他引頸長盼的消息。

這四天以來，他一方面確信絕對可以找到關鍵影像，另一方面卻又覺得遲遲沒有聯絡，是否表示他錯得離譜？

一聽到是伊佐美的電話，池田真的是撲上去接聽。

然而伊佐美直截了當地告訴他的內容卻是：「我查過所有能想到的路線上全部的店家及民宅的監視器了，但是在德竹會和楓園兩起案子的案發時刻，都沒有找到任何拍到包括女生的一群小孩子的影像。」

「等、等一下。」池田忍不住插口。「你真的好好看過了嗎？」

但伊佐美語氣不變，只是重複：「我查過所有想得到的路線了。」

同一天，池田又接到了其他消息。針對西湖署的刑警濱中圭介在楓園命案中，對照服員松本郁子偵訊時採取不適當的暴力偵查手法一事，松本郁子決定提出刑事告訴。

隔天，池田再次前往滋賀。監視器的調查撲了個空，案件承辦刑警遭到提告，以及最重要的是，藥害事件的採訪被強制喊停，讓他強烈地感覺似乎所有的一切將會就此無疾而終。

這天池田前往的服部家，服部和丈夫以及孫女三葉都在。雖然毫無勝算，但他決定孤注一擲。

出來玄關應門的服部似乎正在用餐，手中拿著沾著果醬的奶油刀。她似乎誤會池田又是為了野鳥的企畫而來，想要叫二樓的三葉下來。

「服部女士。」池田制止她。

然後他首先說出德竹會命案發生的日期，詢問她是否記得那天深夜到早晨，她在哪裡做什麼？

池田不是為了野鳥，而是為了案子來訪，這似乎讓服部大失所望，但她還是想到了那個日期，反問：「咦？你不是要問楓園那時候？」

池田點點頭。

「……我記得。因為我在早上的新聞看到德竹會也出了類似的事。而且那天早上我帶三葉她們去湖邊賞鳥了。是前天半夜出門，一起待到早上，回家的時候大概還不到八點吧。後來我休假，所以一直在家……不過你問這個做什麼？為什麼問我這種問題？」

服部的表情毫無驚慌的樣子。

「三葉她們——是指哪些人……？」池田問。

「就她那群同學啊。你之前也見過不是嗎？」

「那天有幾個人一起去？」
「就跟平常一樣。」
「那些孩子是從湖邊各自回家嗎？」
「咦？」
「就是，孩子們……」
「不是不是，我開車載他們回來這裡，在我家吃了早餐。」
就在這時，池田注意到服部的異狀。
她的面部表情沒有變化，但不經意地往下看的視線，看到服部的指頭正不停地摸著沾了果醬的奶油刀。鮮紅的草莓果醬弄髒了服部的手指，然而服部卻渾然不覺。
「可以幫我叫一下三葉嗎？」池田面無表情地要求。
「咦？」服部顯然慌了。
「……可以幫我叫她嗎？」
「叫三葉？可以啊，可是為什麼？」
服部的手掌一把抓住奶油刀。而她沒有意識到。

「請幫我叫三葉，拜託。」池田請求說。

聽到池田說話，三葉從客廳探頭出來。她似乎聽到兩人的對話了，不知為何，眼中浮現挑釁的神色。

「妳聽到了吧？」池田出聲。

「聽到什麼？」三葉裝傻。

但她肯定聽到了，證據就是，連服部的丈夫都擔心地出來了。

「那天早上，妳們一直待在野鳥中心嗎？」池田問。他心急得不得了。

「等、等一下，池田先生，你到底想問什麼？」

服部插進池田和三葉之間。但池田扯開嗓門說：「妳們並沒有一直待在湖邊吧？妳們一起去了德竹會對吧！」

「喂、等一下！沒頭沒腦的，幹什麼啊？你要在這裡胡說八道，就請你回去！」

失去冷靜的池田輸了。他忍不住伸手想要抓住三葉的手，被服部的丈夫粗魯地打掉了。

「喂！你搞什麼？我真的要報警了！」

激動的服部赤腳走下脫鞋處，推池田的身體。池田大可以反推回去，卻忽然全身虛脫了。

「抱歉。真的很抱歉……」

池田突然垂頭喪氣，但服部仍想要將他趕出去。池田瞄了三葉一眼。三葉被外祖父擋在身前保護著，但那雙眼睛明顯在笑。

「三葉……」

池田忍不住出聲，瞬間門在眼前關上了。

到頭來，所有的一切都在眼前煙消霧散了，是這樣的絕望感。而最讓他失望的，是他省悟到自己一直以來也生活在這樣的絕望感當中，卻早已習慣成自然罷了。

每星期他們發行的週刊雜誌的頭條標題，不知為何如走馬燈般掠過眼前。

這樣的不甘，真的可以習慣嗎？他忽然如此質疑。池田懷著落敗的心情回到車上。

發動車子後，他衝動性地開往湖邊。

就像要連車衝進湖裡似的猛踩油門，在水邊急踩煞車。

眼前是一片寧靜的湖面。當然，它不會給出任何答案。

○

圭介抵達之後，晚了約三十分鐘左右，佳代的車出現在北湖的別墅。

圭介坐在玄關前的門廊上，等待佳代到來。可以一清二楚地看見車燈沿著湖畔的道路，在黑暗中照亮樹木駛近。

車子一開進別墅土地，也許是車燈照出了圭介的身影，似乎受驚的佳代大老遠就停下車子。

圭介在車燈中招手。佳代的車輾過碎石子，緩慢地前近。

握著方向盤的佳代，臉沉在黑暗當中看不見。

引擎熄火，車燈熄滅。瞬間四下落入一片漆黑。

圭介命令下車的佳代當場脫掉衣服。

佳代已不再躊躇，直接褪去衣物。

命令脫衣服，便立刻在眼前脫衣的這女人，到底算是自己的什麼？圭介不明白。毫不羞恥地脫衣服的那模樣，是教人氣憤，還是教人憐愛？他也不明白。

圭介從門廊站起來，粗魯地拉扯佳代的手要她走。月亮追隨在兩人身後。從碎石路走下湖邊的兩人的腳步聲在森林裡迴響。

無風，湖面靜謐。

圭介拉著佳代的手，經過延伸在蘆葦原中的小船用漂浮碼頭。

剛才在車中想像的斷崖絕壁忽然浮現腦際。漂浮碼頭一點高度也沒有，夜裡的湖泊無盡地黑暗深邃。

圭介要佳代站到碼頭前端。

他命令脫鞋，佳代的眼中露出非比尋常的懼色。

但圭介還是逼她脫了鞋。

「跳下去。」

命令一出，佳代懇求地抓住圭介的手。

「……我不會游泳。」

她聲音顫抖，眼中泛起薄薄一層淚。

「我會救妳。妳不相信我？」

「……可是，我真的不會游泳。」

佳代的眼睛徹底絕望。圭介知道原來眼睛也是會絕望的。

「妳不相信我？」

再一次，圭介一字一頓地問。佳代只是眼神劇烈地遊移，沒有回話。

但圭介沒有再說什麼，只是默默等待佳代的回答。

「妳相信我吧？」

良久之後，圭介再次說。佳代死心認命地點點頭。

圭介取出從別墅拿來的黑色手銬。佳代的臉色變得更慘白了。

但圭介還是毫不留情地銬住了佳代的雙手。

一片湖景中，黑手銬就像個異物。

「……我真的不會游泳。」

那已經稱不上聲音，僅像是器官的顫動。

「跳下去。」

圭介靜靜地命令。

佳代猛烈地搖頭，隨時都要癱軟，卻仍一點一滴地挪動腳板，朝漂浮碼頭的邊緣前進。

○

來到漂浮碼頭的前端，身體劇烈抖動起來。不抓住東西，幾乎就要站不住了。

夜晚的湖泊極深，儘管高度離湖面只有數十公分，卻宛如斷崖絕壁，佳代將目光移上夜空。應該比湖底更遙遠的天空，反而看起來觸手可及。

背後感覺得到圭介的氣息。

「妳不相信我？」他問。「妳相信我吧？」他說。

佳代將右腳拇趾伸出碼頭邊緣。只有拇趾而已，卻感受到彷彿全身沉入湖底的恐懼。

她不認為就算溺水，圭介也一定會救她。

比起這件事，自己的性命掌握在他手中，更帶給了佳代勇氣。

被命令跳下去的自己沒有選擇權。是要溺死在這裡，還是被救上岸，決定的不是自己，而是圭介。

遠方水鳥拍動翅膀。倒映著月亮的湖面激起浪花，漣漪擴散開來。

佳代雙手被銬住，左右手用力交握。就彷彿左手和右手正在彼此求饒。

佳代緩緩地環顧湖泊。將對岸蓊鬱的森林和湖面的漣漪深深地烙印在眼底。
她想看圭介的臉，但沒有回頭。決定不回頭的瞬間，身體一下子輕鬆了。
佳代毫不猶豫地身體往前。
腳底的碼頭和眼前的景色搖晃起來。
身體浮到半空中，下一秒，冰冷的水包裹了全身。手腕上的手銬突然變得千斤重。身體以驚人的速度不斷下墜。
我在湖裡……
如此感覺的瞬間，在水中擴散開來的頭髮彷彿被猛力扯向湖底。
我會就這樣死掉嗎……？
念頭一起，不知為何，身體火熱起來。
好像有人在看她。陰暗的湖底有一道圓窗，有人從那裡窺看著她。
是誰？
是女人。
可是，那是誰？

湖中一片漆黑。她看見沉在湖底再也沒有動彈的自己。看見湖畔的蘆葦原被警車的紅色警示燈照亮的情景。湖上有好幾艘小船。湖面被強烈的探照燈照亮。

還看見被當成殺人犯拘捕的圭介。在狹小的偵訊室低垂著頭的圭介，就像松本郁子那樣，人權遭到蹂躪。

這下子，圭介一輩子都無法擺脫我了。

佳代忽然這麼想。這下子，我就可以一輩子被圭介支配了。她如此感覺。

這時，身體忽然被拉了上去。瞬間，先前完全未感覺到的不適感排山倒海而來。

似乎進了水的鼻腔一陣劇痛，喉嚨被勒住，肺部就像被人踩住一樣痛極了。

佳代痛到慘叫的瞬間，黏滑的水一口氣灌進喉嚨裡來。嘴巴張大到下巴幾乎脫臼，同時臉浮出了湖面。佳代嗆咳、吸水，再次嗆咳，水又灌進口鼻。

抱住佳代的圭介，腳在水中激烈地踢動。踢著水，也踢到佳代的大腿，想要朝岸邊游去。

「放鬆！」

「抱住我的脖子！」

「不要掙扎！」

耳邊響起圭介的吼聲。不知道是兩人激起的水聲，還是森林裡的野鳥飛起，她聽見彷彿是湖在吶喊。

發現那是自己的叫聲瞬間，眼睛總算聚焦了。

佳代的溼髮貼在吼叫的圭介臉上。碼頭的浮標在視野中上下左右晃動，漸漸地位置變得清晰起來。

佳代意識到自己的呼吸，幾乎同時，腳尖觸到了湖底的石頭。

另一腳掙扎前伸，這次腳底明確地踩到了湖底的泥濘。

一旁的圭介在乾嘔。肩膀劇烈起伏，嘴邊不停地淌下分不出是水還是唾液的液體。

肩口露出湖面了。夜風撫過佳代溼漉漉的肩膀。

佳代在圭介扶助下爬出湖裡。雖然痛苦萬分，但總算是在呼吸，撲倒的沙灘上散亂著漂流木。形狀古怪扭曲的漂流木看起來就和自己一樣，是在湖裡溺水的人。

瞬間，嘔吐感衝上咽喉，佳代將胃裡的東西和水一起嘔了出來。

一嘔吐，呼吸又難受起來。

佳代四肢趴地，像野獸般蜷著背深呼吸。同樣躺在水邊，粗聲喘氣的圭介的呼吸聲傳遍了整個湖面。

一會兒後，圭介慢慢地爬上沙灘，整個人蓋上去似的撲向四肢跪地的佳代。

「妳是白痴嗎！……要是我沒有跳下去，妳已經死了！」

厲聲罵完後，圭介氣喘如牛。

被圭介一推，佳代倒在沙灘上。圭介再次壓上倒地的佳代。

月光下，兩人投射的影子宛如野獸。那影子就彷彿野獸正在咬破到手的獵物肚腹。

「喂！要是我沒救妳……」

圭介的下巴和頭髮滴下水來。佳代的臉龐承接著那水滴，不是看著圭介，而是注視著他後方的星空。

我會就這樣死掉嗎……？

在湖中想到這裡的剎那，身體彷彿燃燒起來。那股灼熱的情感再次復甦。

「為什麼……為什麼不讓我就那樣死掉？」

她說出了自己都意想不到的字句。當然，她從來沒有尋死的念頭。但她也覺得，如果那就是死，她已然接受了死亡。

「白痴！妳白痴啊……！我叫妳死，妳就去死嗎！」

圭介捶打沙灘洩忿。彈起的沙子灑在佳代臉上。

「……妳到底是什麼？妳說，妳到底是什麼！」

佳代全身赤裸，還銬著手銬。溼淋淋的頭髮蓬亂，身體沾附著水草。但不知為何，佳代覺得自己這副難看的模樣無比地美麗。

她完全不覺得冷。相反的，冰涼的沙子讓灼燙的背部舒服極了。

一旁，圭介也在沙地躺下了。佳代也看得到他劇烈起伏的腹部。這片湖景中，只有圭介的腹部在活動。

兩人就這樣不知道待了多久，圭介忽然笑出聲來。

起初是細微的笑聲，漸漸地變成無法壓抑的放肆大笑。

佳代注視著星空，聽著那笑聲。她不覺得詭異。當然看起來也不好笑。

「欸，要不要一起走？」

圭介收住了笑，喃喃說道。那話聲彷彿滲透沙中。

「一起走？」佳代依然望著星空反問。

「對，就我們兩個，一起走吧。」
「走去哪？」
「就，走就是了……」
圭介突然爬起來，伸頭看佳代的臉。
「妳有病。」圭介微笑說，佳代默默點頭。
「妳有病，對吧？」
佳代再次點頭。
「然後，我也有病。」
圭介站起來，朝佳代伸手。
佳代抓住他的手。
「走吧。」
圭介突然輕而易舉地抱起佳代，走向通往別墅的路。
抱著自己行走的圭介帶來的震動令人安心。雙腳毫無防備地搖晃，圭介的手指陷進乳房裡。

佳代閉上眼睛。她想更仔細地體味這份觸感。

被人抱著走過森林，不知為何讓她感到無比的懷念。這時，那段記憶又重回腦海。是她年幼的時候，祖母告訴她的天狗的故事。

村子裡的少女遭遇了神隱。村人拚命尋找，少女仍下落不明。這時，少女在森林中醒來了。在暮色籠罩的森林裡，少女被抱在某個疾奔的人懷裡。

那雙臂膀十分粗壯。

「你是誰？」

「我是天狗。」

圭介忽然停下腳步，將佳代從懷裡放了下來。兩人已經來到別墅前，圭介打開汽車副駕駛座的車門。

「上車。」

「可是……」

自己全身赤裸，還銬著手銬。

「別囉唆，上車。」

佳代被推著上了副駕。背部和臀部沾到的沙子乾燥掉落了。

圭介上了駕駛座，發動引擎。車燈亮起，眼前的森林被照得一片亮白。

「我跟妳都有病。兩個瘋子一起兜風。」

車子突然發車，開下別墅區的道路。

「要是被抓到，當場就身敗名裂了。就算沒被警察發現，也會有人報警吧。一起等紅燈的車都會嚇死吧。他們會急忙打一一〇通報：『車上有個女人被綁架，全裸還被銬住雙手！』就算說只是在玩成人遊戲，又有誰會相信？不可能有人信呢。要是有人相信，那個人一定也是變態。」

圭介一反常態地饒舌。就像對自己的話感到興奮。

車子開出了別墅區。湖邊道路有許多路燈，佳代白皙的裸體在車內浮現又隱沒。

因為沒繫安全帶，警告音在車子裡響個不停。

繼續沿著湖邊開，就會進入外環道。現在沒有其他車子並排或對向來車，但開出外環道，狀況就不同了。

就像圭介說的，外環道或許會有警車。或許會被旁邊並排的卡車駕駛從上方看見。或許會被對向車通報妨害風化。
佳代再次閉上眼睛。車體的震動沿著車座傳進身體。
天狗仍抱著佳代在森林裡奔馳。
佳代更用力地閉上眼睛。
天狗不停地跑。以甚至看不見景色的速度跑過森林。狼群緊追在後，想要分一杯羹。
「其實啊，天狗這東西，不是妖怪，也不是怪物。」
祖母的話忽然響起。
「……是修驗道的修行者山伏，歷經嚴格的修行，最後變成了可怕的容貌。天狗沒什麼好怕的，所以佳代也安心睡吧。」
年幼的佳代睜開眼睛。祖母的手溫柔地摩挲佳代小巧的肚子。
「人家想要可怕的天狗！天家想要被可怕的天狗抓走！」
就在這時，車子突然緊急煞車。
反作用力讓背部離開了椅背。
睜眼一看，車子停在即將進入外環道的地方。

只差一點就到交會處了。外環道前方，紅色的車尾燈綿延不斷。

「結束了。」

語氣很平靜。圭介只說了這句話，筆直地盯著交會處的紅色車尾燈長龍。

「結束……？」

佳代啞然。只有自己仍在天狗的懷抱中，在森林中奔馳。

「結束就是結束。不是平常說的結束。我老是在LINE上說不再見面了、這是最後一次了，但不是那種結束，是真的、千真萬確的結束。」

圭介說完，抓住方向盤準備倒車。

「等、等一下……」

佳代忍不住手伸向方向盤。仍銬在手上的手銬鏘鎯作響。

「對了，手銬得拿下來。」

圭介從口袋裡掏出鑰匙，以熟練的動作解開手銬。

「這跟警察用的手銬同款。上網就買得到。」

失去手銬的手腕微微泛紅。

「對了。」

圭介突然扭轉身體，從後車座拉出一條薄毯，披在佳代身上。

「……這是我釣魚的時候用的毯子，可能有點魚腥味。」

圭介說完，又抓住方向盤準備倒車。

「那個……」

佳代忍不住開口。

聽到佳代出聲，圭介為她停下動作。

「……我已經回不去了。」

這話自然地脫口而出。

「……都變成這樣了，就算再放我回村子，也沒有我容身之處了。變成這樣的女人，已經無可救藥了。」

「村子？」

圭介不解，路燈熾烈地打在那張臉上。

「是天狗的話，就該像個天狗，把我帶走，直到最後。不要半路將我一個人丟下。事到如今才說什麼你不是怪物，是人，這太狡滑了。」

不知不覺間，外環道上的紅色車尾燈長龍被淚水模糊了。

圭介伸手抹去佳代眼中溢出的淚水……

「可是，不能再這樣下去了……如果這裡是海，或許還有辦法就這樣遠走高飛……但這裡是湖啊。」

佳代筆直地注視著圭介的眼睛。

「……但我已經回不去了。這個身體已經沒辦法恢復原狀了。」

圭介的目光已經不在佳代身上了。

半年後

沁涼的廚房地板踏上去很舒服，佳代踩著赤腳走來走去。除了香蕉配裏海優格的簡單早餐，今天還用從川端牽進來的湧泉冰鎮的蔬果做了分量略多的沙拉。

佳代懶得端到起居室，每天早上都在這處沁涼的廚房用早餐。洗好碗盤，跑上二樓，換上運動服，走出今天感覺也豔陽高照的戶外。

在屋前的停車場做伸展操時，獨眼街貓湊過來磨她的腳。

「你還沒吃飯嗎？」

佳代邊做伸展操，邊摸貓的肚子。貓毫無戒心，往地上一倒，露出肚腹。

「咦，佳代，妳要去慢跑？今天早上好像比較悠閒喔？」

回頭一看，佐伯阿姨正拿出貓碗。

「今天是下午的班，所以睡比較晚……阿姨拿你的飯來囉，快去吃。」

不待佳代開口，貓已經跑到阿姨那裡去了。

「佳代，妳都去哪裡跑？」

阿姨摸著大快朵頤的貓問，佳代說「就沿著湖邊跑」。

「一定很舒服吧？」

「縣道很多車，不過跑進裡面的小路，或是在湖邊沙灘跑一下，真的很舒服。」

光是稍微做點伸展操，額頭便微微冒汗。

「對了，妳爸搬出去已經快一年了呢。」

聽到阿姨的話，佳代也點點頭說「是啊」。

「大概前天吧，他開車來拿東西，我跟他聊了一下，他還是一樣嗓門很大，看起來很健康。」

「聽說我爸跟他女朋友最近都去卡拉ＯＫ教室。」

「咦，去唱卡拉ＯＫ啊？」

吃完飯的貓經過川端的石橋走掉了。佳代也跟上去似的經過短石橋，對阿姨道別「那我去運動了」，慢慢地加快腳步，陽光已經很強了，但舒適的晨風撫過臉頰。

佳代會像這樣慢跑，是因為跑步的時候，什麼都不用思考。漸漸地，她忽然發現跑步本身成了目的。真的是很突然地，她發現一直籠罩著她的某種烏雲完全散去了。

連續發生的楓園與德竹會的死亡案件，完全變成懸案了。最近職場也很少有人提起這個話題。

只有當松本郁子的律師團針對西湖署的偵訊發起的訴訟有新進展時，機構的工作人員會熱心地討論這些新聞。

佳代盡量不參與這個話題。但即使不參與，也會聽到詳情。

起初一貫主張在松本的偵訊中沒有強制或違法恫嚇的西湖署，半途改變了說詞。改變說詞的是年輕的刑警濱中圭介。他承認他們的偵訊手法有違法之處。由於遭到起訴，濱中圭介已經遭到停職處分，不過據機構工作人員的說法，圭介可能會辭去警職。

那名刑警究竟有沒有對松本郁子做出違法偵訊，佳代不知道。他為何會在審判途中改變說法，佳代當然也不知道。

不過雖然為時短暫，但自己和他共度了某種瘋狂時刻，這具身體明確地記得這個事實。自從在圭介的命令下跳進冰冷的湖泊裡，又被他救起的那天以後，圭介只聯絡過一次。聯絡單方面地叫她立刻過去湖邊。佳代回覆說她要上班，不能過去。必須丟下工作去見他的焦急，和不應該再這樣下去的危機感，讓佳代幾乎要瘋了。

結果她立刻又收到訊息了：

『上次對不起。我失控了。真的對不起。真的，非常抱歉。』

就只有這樣。

此後他再也沒有聯絡。

起初，佳代感覺彷彿只有自己還沉在那片冰冷的湖底。她只是不停地思考，他究竟對她做了什麼。

每天的工作讓她勉強把持住自己。是從什麼時候開始，她每天清晨去湖邊跑步？由於平日缺乏運動，原先她連跑一百公尺都上氣不接下氣，不過她國高中雖然是候補選手，好歹也參加過田徑隊，身體漸漸想起過去的節奏，不知不覺間，她不會再去想他對自己做了什麼了。

她只知道自己變了。但是變成什麼樣子、以前的自己又是什麼樣子，她懵懵懂懂。但佳代就只是覺得，一直晦暝模糊的眼前景色豁然開朗了。

這麼說來，就是在這時候，她偶然遇到服部的孫女三葉。

地點和之前一樣，是在楓園的停車場。

「妳阿嬤今天上準大夜，還沒下班喔。」佳代告訴她，結果三葉露骨地皺眉頭「咦？」了一聲，罵道：「阿嬤又搞錯日子了。她是不是老人痴呆了啊？」

三葉的口氣實在太刻薄了，佳代忍不住斥責：「怎麼可以這樣說妳阿嬤？她太可憐了。」

可是三葉滿不在乎，回嘴：「就是整天跟痴呆老人打交道，才會搞到連自己都痴呆了。」

想想對方是被放鴿子的小孩，或許可以原諒，但佳代卻不知為何惱怒極了：

「妳能上學，都是靠妳阿嬤拚命工作賺錢啊！」

「又沒人拜託她。」

「又講那種話！」

「從以前就是，開口閉口就是『累死了累死了』，我聽都聽膩了。不會動的人管他們幹嘛？拿那麼一點錢替那種人把屎把尿，根本浪費生命。」

「就算是妳也一樣會老，老了就會跟他們一樣。」

「我才不要活那麼久！我要維持年輕，漂漂亮亮地死掉！」

佳代感覺三葉憤恨的臉孔一下子逼近了。

不知不覺間，佳代竟甩了那張臉一巴掌。力道大到連自己都嚇了一跳。

三葉傻住，臉頰一眨眼變得紅腫。

那雙眼睛湧出淚水。佳代慌了，說著「對不起」，想要摸她的臉頰，三葉卻表情猙獰地大吼：「不要碰我！」

佳代道歉：「對不起。」

道歉的瞬間，佳代悟出自己根本沒資格對三葉這樣的孩子訓話，再三說「對不起」。

但三葉怒氣沖沖地走掉了。

佳代從車流量大的縣道一如往常地跑進湖邊的步道。跑步的時候，她想的是今天的工作流程、晚飯吃什麼這些日常瑣事。覺得只想著這些的自己健康無比。

瞇眼看著沐浴在陽光下的湖面往前跑。跑進成排大樹底下，便感覺到涼爽的晨風。

這時，她看見一名男子從步道前面跑過來。對方似乎也發現她，攀談說：「咦？今天比較晚呢。」

是總是在差不多的時段在這條步道慢跑的人，有一次他提醒「鞋帶鬆了喔」，此後雙方便會互相道早。

佳代放慢步調，露出笑容：「對呀。」

有一次兩人一起跑了一段路，聊到他是批發食材給楓園的超市員工。

「你已經跑過三角公園了嗎？」

擦身而過時，佳代問道。

「對。今天速度滿快的。」

男子回答，忽然停下腳步，肩膀上下起伏。

佳代也跟著停下腳步。

「那個……」

男子還在喘氣。

「……那個，如果妳願意，下次要不要早上一起來這邊跑？」

「早上？」佳代問。

「對。對面的山地被照成一片紅色，朝霞美得難以形容。湖泊寂靜無聲，只有自己的呼吸聲一清二楚，非常舒服。」

男子說到這裡，總算放開撐在膝上的手，直起身體。

「很不錯呢。那下次我們一起跑吧。」

佳代自然地回應說。

「真的嗎？」

「不過我應該追不上你。」

「當然我會慢慢跑。清晨天還沒亮，腳下也很危險。」

「那就請多指教了。」

「好。」

佳代可以清楚地想像自己在湖泊迎接的美麗早晨中，專心一意地跑步的模樣。

○

湖泊的夜倏忽亮起。

天空、湖面、對岸山地稜線，原本這些渾然一體、一片漆黑的世界裡，只有靜靜拍打的波浪聲。但就連水邊都不知究竟在何處。

如此漆黑一片的世界裡，首先是湖面的波浪浮現出來。

在湖面搖曳的波浪，成了這片漆黑世界的第一道光，儘管甚至稱不上第一個誕生的色彩。波浪搖曳，由此得知那裡是湖面。

沒有搖曳的波光，湖就不存在。

直盯著看，甚至讓人懷疑全世界是否只剩下這片湖了。襲上心頭的，就是如此強烈的孤絕。而孤絕感一樣沒有稱得上色彩的顏色。

但湖面的表情仍分秒變化。

原本純粹的光，變幻成或許可稱為銀色的色彩。但同樣是銀色，也從蛞蝓爬過的那閃亮亮的銀色，到可稱為月白的古典色，湖面的顏色沒有一刻停歇。

讓湖畔的夜亮起的，當然不只有顏色。

就如同原本一片漆黑的世界隱約浮現湖面，音聲也逐一現身。

昏暗而尚看不出在何處的樹林中，首先醒來的似乎是小鳥，那清脆的啁啾聲，聽起來是多麼地令人憐愛。不過那種憐愛，聽起來也像是在依舊黑暗的夜晚中驚懼著。

比湖面的波浪稍晚一些，對岸的山地稜線逐漸浮現。

天空與山巒。

將漆黑的世界一分為二的這兩種色彩還太淡薄了一些，談不上顏色。

但天空依然朝淡墨色、山地朝黑鉛色，兩者的色彩徐徐涇渭分明。覆蓋天空的的淡墨色，據說遠在千年之久前，便用來做為喪服的染色，或通知訃聞的信件上。

這淡墨色在天空分秒展開來。以展開形容色彩或許並不恰當，但就如同花開一般，徐徐亮起，而山地追趕上去似的，從鉛色到淡墨色，同樣地逐漸展開。

世界分為天空、山巒與湖泊後，漸漸地呈現出全貌。

顯現在眼前的，是湖泊巨大的湖灣、是對岸的山地、是籠罩著霧靄的湖面。靜謐到幾乎要將人吸入的湖面，一路延伸到遙遠的水平線。

不是為了任何人——這個念頭忽然浮現。

而是只為了你和我，小鳥啁啾、湖面靜謐、天空純粹地亮起，不是嗎？鳥囀聲和水聲沁入你我的心。只是靜靜地沁入。

這就是世界的起始。

漸漸地，原本瀰漫著霧靄的湖泊對岸依稀浮現出路燈。

那就宛如流星的殘影，難以辨別它實際上現在仍在那裡閃耀著，亦或是過去曾存在於那裡。注視著那樣的路燈，便讓人醒悟出人類所打造的歷史，就僅有短短的兩千年。而這座湖泊所注視的歲月之浩瀚，令人怵然。

宛如水墨畫的世界裡，最先幽矇地滲出的原色是青。

首先，東方天際摻進了群青。漸漸地，山地染上藏青，湖面映照出那色彩，也逐漸改變了自身的色彩。

同樣是青色，據說日本也有超過八十種以上的青，紺青、琉璃、淺蔥、青白瓷……。這形形色色的青，由深至淺，依序自天空和湖泊滲透而出。

當世界獲得最初的原色時，湖面出現了晃漾的水波以外的活動。

大型野鳥幾乎觸碰到霧罩的湖面般掠過。如蟾蜍般低沉的嘎嘎啼叫聲充滿野性，瞄準在湖面跳躍的魚的動作，亦將原本寧靜的湖景突然變為獰猛。

大大地展開的黑色翅膀，愈是靠近，氣勢愈強，幾乎要將世界再次拉回黑暗之中。

緊接著，魚跳出湖面。

那細微的水聲，就如同交響曲的第一音般響徹湖泊。

大鳥俯衝而下，在湖面激起水花。

跳起的魚不知是平安無事，亦或已淪為爪下亡魂。湖面只留下一秒定生死的緊張感。

距離日出還有時間，但東方天際的青色益發深濃。高亢地呱呱啼叫的，是鴨子的一種嗎？霧靄中，通往湖面的蘆葦原裡，牠們划水激起的漣漪逐漸擴大。

自背後的山颳下的風吹過這片蘆葦原，拂過湖面而去。浮在遠方湖面的養殖用浮標和支柱在風中依序擺盪。吹過的風明顯不是夜風了。吹散湖面的霧、讓樹葉和蘆葦葉繃直的，是如假包換的晨風。

彷彿這風就是信號，讓原本僅有音聲色彩的世界，出現了感情。浮在東方天際的雲染上淡櫻色，原本一片平坦的對岸山地，群生的樹木每一棵、每一枝、每一葉，都一清二楚地浮現出來。

朝霞藉著浮現在東方天空的雲朵形狀，徐徐逼近世界。若說青色在每一刻賦與了世界色彩，那麼灼燒東方天際的紅色，便是每一刻都在告訴我們世界具有感情。

染紅東方天空迆邐的雲朵的色彩，若要命名，就是名為「紅八鹽」的紅色。

據說平安時期，以紅花濃染製成的這種紅，由於過於昂貴奢靡，成了禁色。這種紅八鹽就是如此風靡了貴族們的心。

而湖泊的東方天空，就恣意地刷上了此種禁色。世界毫不吝惜地用讓平安朝貴族瘋狂的色彩抹遍東方天空。紅八鹽的朝霞亦倒映在湖面，水波瀲灩，彷彿灑了金箔。

將視線拉回此岸，水邊有兩隻蚊白蝶嬉戲飛翔。宛如舞蹈一般，繞著彼此團團打轉，一下高高飛上染滿朝霞的天空，一下下降到湖面。

不是為了別人——這個念頭再次升起。

只為了你和我，這兩隻紋白蝶嬉戲、天空和雲朵染紅，夜逐漸亮起，不是嗎？朝霞和兩隻紋白蝶，也沁入了你我的心。只是靜靜地沁入。

在還稱不上陽光的幽光之中，拂動著蘆葦原靠近的水波，洗滌著岸邊的碎石。回應水波規律的拍動聲般，各處樹林傳出旺盛的野鳥啼叫聲。

吱……！啾啾。咻喀啦啦啦。咈……，啾嚕嚕嚕。嗶啃嗶啃。

這裡還只有大自然的聲音。

而他們一定知道。知道這個世界有多美。

所以才想要將這種美傳達給你我。

不需要話語。你我只需要蹲在岸邊，觸摸拍近的水波就行了。冰涼的湖水一定會告訴我們一切。

你我只需要抓起腳邊的小石子扔進湖裡就行了。小石子閃閃發亮，漣漪擴散在湖面，它們一定會告訴我們一切。

這個世界第一次摻進人類的聲音，是遠方對岸傳來的小船引擎聲。噗噗噗噗噗、噗噗噗噗噗。

前往打漁的船隻細微的引擎聲，或許是在宣告湖泊早晨的終結。遠遠地傳來的引擎聲悠哉遊哉，絕不會污染湖泊的早晨半點。

發出聲響的，是最前面的渡假小屋。朝霧繚繞的樹林中，建著五、六棟小型渡假屋。最前面的小屋亮起的窗燈，比射入霧中的幽微晨光更強烈。

池田從坐著的水邊倒木站起來。看看手錶，才剛過凌晨四點。

小屋的門打開，有人走了出來。雖然沒辦法看清楚長相，但邊打哈欠邊伸懶腰的身影還很年幼。

池田小心翼翼地移動，避免腳下的碎石被踩得沙沙作響。他躲到一棵大榆樹後方，走出木屋的人影看得更清楚了。

錯不了。站在那裡的是昨晚在這處露營區坐在火堆旁、自稱是服部孫女三葉的粉絲的男生之一。走出木屋的少年一邊扭轉身體，像在做伸展操，一邊走向露營區的公共廁所。

池田想要跟上去，但接著又走出另一名少年。這名少年不是去廁所，而是走向隔壁木屋。

少年客氣的敲門聲被吸入湖泊。被敲門的木屋窗戶亮起。

走出來的是三葉。只有她一個人睡在這棟木屋。

那幅景象奇妙極了。

在朝霧中活動的，是暑假中的孩子們。然而他們的動作卻不見快樂或歡喜，宛如正淡淡地執行被分派的任務的士兵。

池田等待第三間木屋走出其他男生。

昨晚圍在火堆旁的青少年，包括三葉在內，共有五人。昨晚還有陪同的服部夫妻，但晚上九點多熄掉火堆的時候，夫妻便留下進入各棟木屋的孩子們，自己回家了。

夫妻乘坐的車燈從湖邊道路遠去的景象久久沒有消失。車子蒼白的燈光，宛如螢火蟲般照亮樹木，從湖邊道路遠離。

夫妻回去約一個小時後，孩子們木屋的窗燈也熄滅了。三葉的木屋好陣子以大音量播放著偶像團體的歌曲。

接下來六個小時，池田只是與湖泊對峙。他坐在水邊的倒木上，等待著連月光都沒有的漆黑湖泊迎接早晨的瞬間。

他沒有任何根據。就和閉上眼般漆黑的湖泊景色一樣。即使如此，他仍無法完全死心。除非解決這起事件，否則他無法前進任何一步。

半年前，池田以個人因素申請留職停薪。他有離職的心理準備，但由於總編渡邊全力迴護，現在他正在為期一年的留職停薪期間。

他想知道是什麼造成了什麼、而那什麼又帶來了什麼。最重要的是，他想知道松江形容清奇美絕的哈爾濱的湖泊，與眼前這座湖泊是如何相連在一起。當然，兩者或許毫無關聯。宛如閉上眼睛的漆黑世界，或許就這樣不會迎接早晨，永遠就這樣坐落在黑暗之中。

若是依照之前，這時間三葉等人應該會拿出望遠鏡，賞起鳥來。

還不到清晨四點半，但湖面已經被晨光所籠罩。或許又撲空了。或許賞鳥結束的三葉等人，會乘坐幾小時後來迎接的服部夫妻的車回家。

在戶外洗臉臺洗臉的三葉等人返回木屋。

池田打算像之前那樣，躡手躡腳回去停車場的車。今天那個叫濱中圭介的刑警果然也在停車場。

他似乎也是被這起事件附身的人之一。

他也和池田一樣，像這樣持續著一次又一次撲空的監視行動。

他們知道彼此的存在，但從未交談。

濱中圭介應該從伊佐美刑警那裡聽說池田的事了。現在他因為對松本郁子的違法行為遭到停職處分，但端看往後的審判結果，極有可能遭到懲戒免職。完全就是被組織斷尾求生，但他還是和池田一樣，一定會到這座湖泊來。

池田死了心，認定今天又撲了空，準備回到停車場。這時濱中刑警壓低身體從車上走了下來。

池田回頭。

就是這時候。透過細小的門縫，他看見三葉過夜的木屋室內。牆上掛著白袍。

膝蓋發起抖來。

池田扶著榆樹，告訴自己：「冷靜下來。」

就在這時，穿上白袍的少年們從各別的木屋走了出來。他們不是像平常那樣前往湖邊，而是由三葉領頭，走向馬路。

排成一排，默默行軍般的孩子們顯得詭異無比。

他們的背影和步伐，無疑是有目的地的。是有目的的。下一秒，三葉的聲音乘著風傳進池田耳中。不知為何，只有這瞬間，湖泊的水聲和鳥聲，所有的一切都屏聲斂息了。

三葉說出口的，是某家養護中心的名字。是池田從這處露營區的位置，早已猜到的機構。

忽地轉頭望去，濱中刑警已經行動了。

在追上孩子們以前，池田回頭再望了湖泊一眼。

湖泊正要迎接美麗的早晨。

聲明：

作品中關於七三一部隊的內容，係參考NHK特別節目「731部隊的真相：菁英醫學家與人體實驗」（731部隊の真実~エリ-ト医学者と人体実験~）撰寫。本作品為虛構小說，書中角色、團體若有雷同，純屬巧合。

木曜文庫 14

湖畔的女人們
湖の女たち

作者　吉田修一
譯者　王華懋

社長　陳蕙慧
總編輯　戴偉傑
責任編輯　戴偉傑、周奕君
行銷企畫　陳雅雯、趙鴻祐
美術設計　許晉維
內頁排版　宸遠彩藝

出版　木馬文化事業股份有限公司
發行　遠足文化事業股份有限公司（讀書共和國出版集團）
地址　231 新北市新店區民權路 108 之 4 號 8 樓
電話　（02）2218-1417　傳真（02）2218-0727
Email　service@bookrep.com.tw
郵撥帳號　19588272 木馬文化事業股份有限公司
客服專線　0800-221-029
法律顧問　華洋法律事務所 蘇文生律師
印刷　前進彩藝有限公司
初版一刷　2023 年 5 月
初版二刷　2023 年 6 月
定價　420 元
ISBN　9786263144231（紙本）
9786263144224（EPUB）
9786263144217（PDF）

國家圖書館出版品預行編目 (CIP) 資料

湖畔的女人們 / 吉田修一著 ; 王華懋譯 . -- 初版 . -- 新北市 : 木馬文化事業股份有限公司出版 : 遠足文化事業股份有限公司發行 , 2023.05
352 面 ; 14.8×21 公分 . -- (木曜文庫 ; 14)
譯自 : 湖の女たち
ISBN 978-626-314-423-1(平裝)

861.57 112005412